Witches

–

Hexenzirkel

Autorin Pia Hepke

Fantasyroman
erschienen am 25. April 2016
im Amdora Verlag Frankfurt

Lektorat: Melanie Waldorf
Cover: Umschlaggestaltung © Juliane Schneeweiss, www.juliane-schneeweiss.de
Bildmaterial © depositphotos.com

ISBN: 978-3-946342-32-8

Prolog

Guten Tag, ich möchte mich euch zunächst einmal vorstellen. Mein Name ist Sergé. Das spricht sich: Zer-Gey. Sieht komisch aus, deswegen schreibt man es auch anders. *grins*

Aber genug zu mir, eigentlich bin ich nämlich hier, um euch die Geschichte von Kira zu erzählen. Sie ist ein ganz besonderes Mädchen und das nicht nur, weil sie eine Hexe ist. Obwohl sie mit ihren langen braunen Haaren, den unauffällig braunen Augen und ihren siebzehn Jahren ganz normal aussehen mag, so ist sie es dann doch nicht. Allerdings möchte ich euch vorab gar nicht so viel verraten. Ein bisschen Hintergrundwissen solltet ihr aber dennoch haben, um der Handlung gut folgen zu können. Und dafür bin ich hier. Wenn ihr Kira kennenlernt, seid nicht voreingenommen, sie kann ziemlich frech sein und hat hier und da ein loses Mundwerk.

Ihre ruppige und manchmal abweisende Art hat einen Grund. Sie hat sehr früh ihre Eltern verloren, noch bevor wir einander trafen. Wir beide lernten uns erst kennen, nachdem sie bereits eine dicke Mauer aufgebaut hatte, um solch einen Schmerz nie wieder erleiden zu müssen und sich vor ähnlichen Verlusten zu schützen. Ihr werdet lachen, wenn ihr es herausfindet. Meine Methoden, diese Mauer einzureißen, sind Sarkasmus und Dinge, die sie auf die Palme bringen. *schmunzel*

Dazu werdet ihr aber später noch genug Beispiele zu Gesicht bekommen. Viel wichtiger ist es, dass ich euch noch ein bisschen was zu der Hexensache erzähle - ich hoffe, ihr seid noch neugierig und hört mir zu, denn jetzt wird es erst so richtig interessant!

Kira ist nicht die einzige Hexe, sondern besucht

ein Internat, auf dem es nur so von Hexen wimmelt! Alle Frauen, die solche Fähigkeiten besitzen, ziehen mit acht Jahren ins Internat. Dort lernen sie neben lesen und schreiben natürlich auch etwas über ihre Zauberkräfte.

Das Schulgebäude ist als Pentagramm aufgebaut. In der Mitte steht ein großer runder Turm, in dem sich die Schlafsäle befinden. Von dort verlaufen Brückenbögen, die in Sternenform angeordnet sind, zu fünf kleineren Türmen. Diese sind durch hohe Mauern miteinander verbunden, welche das Gelände sichern.

Dennoch muss ich sagen, dass ich mich mit all diesen Hexen nicht gerade sicher fühle, und schon gar nicht, wenn es keinen Fluchtweg gibt. Die sind echt unheimlich, wenn sie ihre Kräfte nicht unter Kontrolle haben. Noch schlimmer ist es jedoch, wenn sie die Magie bewusst einsetzen können. Um das zu erlernen, nimmt jedes Mädchen am Unterricht der fünf Elemente teil, die je einem Turm zugeteilt sind. Es gibt: Erde, Wasser, Feuer, Luft und Metall.

Bis zu ihrem zweiundzwanzigsten Geburtstag werden sie in jedem dieser Elemente unterrichtet, erst danach legen sie sich auf ein oder maximal zwei fest. Manchmal passiert es, dass sich bereits früher zeigt, zu welchem Element die jeweilige Hexe gehört oder welches ganz sicher nicht das ihre sein wird. Endgültig besiegelt wird dies jedoch erst durch ein heiliges Ritual an ihrem zweiundzwanzigsten Geburtstag. Bis dahin sind die meisten fähig, Zauber von jedem Element durchzuführen oder diese zu beherrschen. Einige besser, andere weniger.

In ihrer Studienzeit werden sie durch einen Vertrauten unterstützt. Diesen beschwören sie mit elf Jahren. Es gibt unterschiedliche Arten, aber es sind immer Tierwesen.

Von einer Grille bis zu einem Drachen ist alles möglich. Das Besondere an den sowohl fantastischen als auch tierischen Vertrauten ist die Tatsache, dass sie sprechen können und zumeist noch andere magische Fähigkeiten besitzen.

Da wir gerade ohnehin beim Thema sind, kann ich euch auch gleich noch erzählen, dass die Hexen an ihrem dreiunddreißigsten Geburtstag in der Lage sind einen mächtigen Zauber durchzuführen. In dieser Nacht können sie entweder dazu beitragen, etwas Neues zu erschaffen oder etwas bereits Vorhandenes, unglaublich Magisches ausüben.

Ja, die Hexen haben es irgendwie mit diesen Doppelzahlen, ich weiß. Was sie allerdings an ihrem vierundvierzigsten Geburtstag veranstalten … keine Ahnung. Eventuell geben sie dann endlich zu, wie alt sie wirklich sind. *grins*

Wenn ich es mir recht überlege, bin ich mir auch nicht sicher, was sie machen, wenn man nicht genau weiß, wann eine Hexe geboren wurde. Mhm … Ach, bestimmt gibt es da irgendeine magische Möglichkeit. Ein Zauber oder so etwas.

Die Zauber, von denen ich gerade spreche, werden übrigens nicht mit einem Zauberstab durchgeführt. Die magische Kraft einer Hexe sammelt sich nach der Beschwörung zumeist in ihrem Vertrauten. Was bedeutet, dass sie zwar ohne ihn Magie wirken kann, diese aber nur halb so stark ist. Neben verschiedenen Kräutern, Tinkturen und Tränken, die gebraut werden müssen, gibt es gerade bei komplizierten Zaubern Zeichen, Rituale und Muster.

Doch für einfache Dinge, wie etwa das Kontrollieren von Wasser, reicht ein Gedanke. Sobald es komplizierter wird, sollte man eine gewisse psychische Reife entwickelt haben, welche ebenfalls im Internat gelehrt wird.

Es braucht Konzentration und innere Stärke, denn wenn man die Magie nicht richtig beherrscht, kann sie sich gegen einen wenden. In solchen Fällen nimmt zumeist der Vertraute den Schaden auf sich. Doch will man ihn nicht ungewollt töten, sollte man in jedem Fall vorsichtig mit Dingen sein, die womöglich die eigenen Kräfte überschreiten.

Ich weiß, wovon ich rede, denn Kira ist da irgendwie ganz anderer Ansicht. Sie meint, dass sie nur durch viel Üben und noch mehr Probieren besser werden kann. Der Leidtragende bin meist ich – was halte ich mich dabei auch in ihrer Nähe auf? Vor allem, wenn sie sich an Zaubern mit Wasser versucht, welche ihr ungewöhnlich schwerfallen, selbst für ihr Alter. Ich hasse Wasser! Ich hasse es, nass zu werden, und noch weniger mag ich die ständige Kälte, die mit den fehlgeschlagenen Zaubern einhergeht. *grummel*

Ach, beinahe vergessen. Es gibt auch noch das Element Geist. Das Besondere daran ist, dass immer nur eine Hexe seine Trägerin ist. Sobald sie stirbt, wird eine Neue mit dem Element geboren. Doch mehr verrate ich an dieser Stelle nicht. Wie man das Element aktiviert, welche Kräfte es hat oder wie es sich unbemerkt doch bemerkbar macht, all das und noch viel mehr dürft ihr jetzt gerne selber herausfinden. Ich will ja schließlich nicht alles vorwegnehmen.

Nur so viel, ihr werdet die ein oder andere Überraschung erleben und das nicht nur wegen Kira.

Kapitel 1

Das sagenumwobene Elixier

Hastige Schritte erklangen. Ihr Besitzer schien in Eile zu sein, wollte aber nicht auffallen und hielt sich selber vom Rennen ab. Keuchender Atem und scheue Blicke über die Schulter komplettierten das Bild einer gehetzten Person.

Kira musste sich beeilen, sie musste so schnell wie möglich von hier weg. Ihr untrüglicher Instinkt sagte ihr, dass sie in Gefahr war. Keinen Augenblick durfte sie länger im Internat bleiben, sie würden sich mit einem Nein nicht zufrieden geben.

Beinahe wäre Kira gegen die massive Tür gestoßen, die den Eingang zu den Schlafsälen bildete. Mit schwitzigen Händen und rasendem Herzen griff sie nach dem Messinggriff und zog sie auf. Eilig verschwand sie im kühlen Turm und zog die Tür schnaufend wieder hinter sich zu. Immer noch kurz vorm Rennen durchquerte sie die Halle. Eine mächtige steinerne Treppe führte in gewundenen Bögen in die höheren Stockwerke.

Sie hatte das Turmzimmer geliebt, seit sie mit nicht einmal sieben Jahren dort oben eingezogen war. Die Einsamkeit hatte sie nach dem Verlust ihrer Eltern gebraucht und die starken Mauern hatten ihr Sicherheit vermittelt. Niemand wollte täglich die vielen Stufen bis in die Spitze hinauflaufen müssen, doch Kira hatte diese Abgeschiedenheit und das tägliche Fitnesstraining begrüßt. Die Eintönigkeit der gleichförmigen Tritte war beruhigend gewesen und hatte ihre Gedanken zum Verstummen gebracht, wie nichts sonst es geschafft hatte.

Heute jedoch verfluchte sie sich für diese Zimmerwahl. Ihr Luftzauber war nicht stark genug, als dass er sie den gesamten Weg hinaufgetragen hätte, lediglich unterstützend konnte sie ihn unter ihren Füßen anwenden. Leider war sie viel zu unkonzentriert und ihr Vertrauter schlief wahrscheinlich seelenruhig in ihrem Bett, sodass sie es schnell wieder aufgab.

Kira stieß ein missbilligendes Schnauben aus. Sie dachte mit Wehmut daran, dass sie noch nicht fähig war, ihn herbeizuzitieren. Sobald sie zweiundzwanzig war und ihre Kräfte sich mit dem ihres Vertrauten auf ein oder zwei Elemente festgelegt hatten, war die Bindung so stark, dass sie ihn jederzeit an ihre Seite rufen konnte. Das würde allerdings noch fünf Jahre auf sich warten lassen.

Inzwischen hatte sie den fünften Stock erreicht, was bedeutete, dass noch fünf weitere vor ihr lagen. Wäre sie nicht so panisch, ihre Atmung durch die Angst nicht gar so überhastet und würde ihr Herz nicht in einem viel zu schnellen Rhythmus schlagen, hätte sie jetzt nicht diese Seitenstiche. Über die Jahre hatte sie sich durch das Treppensteigen nicht nur eine gute Kondition antrainiert, sondern auch eine Selbstverständlichkeit für das richtige Tempo und die Abstimmung von Atmung und Herzschlag entwickelt. Leider brachte nichts davon sie gerade weiter. Und so musste Kira das Stechen in ihrer Seite und das Brennen in ihren Waden hinnehmen und hoffen, dass sie es bald geschafft hatte.

„Hallo, Kira“, grüßte sie eine Mitschülerin auf der Mitte zu Stockwerk sieben. Kira schaffte nur ein knappes Händeheben, ehe sie weiter hastete. Für Nettigkeiten hatte sie nun wirklich keine Zeit.

Während sie Stufe um Stufe erklomm, begaben sich ihre Gedanken nicht wie gewohnt zur Ruhe, sondern schwirrten ihr unkontrolliert durch den Kopf. Immer wieder wiederholten sie Sätze und Phrasen. Bilder und innere Ängste stiegen vor ihrem geistigen Auge empor. Doch sie konnte sich jetzt nicht darauf konzentrieren, sie musste endlich diese Stufenhölle hinter sich bringen, dann würde sie es sich leisten können über derlei Dinge nachzudenken.

„Geschafft“, keuchte Kira vollkommen außer Atem, als sie vor ihrer Schlafzimmertür zum Stehen kam. Der Schweiß rann ihr über die Stirn und jeder Atemzug war begleitet von höllischen Schmerzen. Ihre Beine zitterten so stark, dass sie bezweifelte, die letzten Schritte noch schaffen zu können. Dennoch drückte sie den Türgriff hinunter, stieß die Tür auf und trat ein.

„Sergé“, keuchte Kira.

„Meine Güte! Wie siehst du denn aus? Ist wieder ein Zauber schiefgegangen?“ Sie brachte bei seinen belustigten und gleichzeitig besorgten Worten sogar ein halbes Lachen zustande. Dann allerdings verließen sie ihre Kräfte. Als Nächstes ließ Kira sich erschöpft auf ihren Schreibtischstuhl sinken. Obwohl sie eigentlich geplant hatte, sogleich die wichtigsten Sachen einzupacken, und zu verschwinden, war sie nicht in der Lage auch nur einen weiteren Schritt zu tun.

„Nicht ganz. Etwas ist allerdings schiefgegangen.“ Sergé schwieg und wartete offensichtlich darauf, dass sie weitersprach, doch sie brauchte erst noch ein wenig mehr Luft.

„Du erinnerst dich an die merkwürdigen Gerüchte, die in letzter Zeit in der Schule kursieren?“

„Die um das Jugendelixier?“, wollte er mit scharfer Stimme wissen.

„Genau die. Na ja, mir scheint, es handelt sich

dabei nicht nur um Gerüchte."

Er sog zischend die Luft ein.

„Was meinst du damit?"

„Ich bin gerade von einer seltsamen Hexe angesprochen worden. Eigentlich sah sie ganz normal aus, aber ich hatte so ein merkwürdiges Gefühl in ihrer Nähe." Kira schauderte es bei der Erinnerung. Die Frau war aus den Schatten unter der Brücke, die den Schlafsaalturm mit dem Unterrichtsturm für die Erdmagie verband, getreten. Heute war Samstag und Kira hatte sich draußen auf dem Gelände herumgetrieben, um einige leichtere Zauber zu üben. Auf dem Rückweg hatte ihr dann diese Hexe den Weg versperrt.

Zwar wurde ihnen im Internat von klein auf ein gewisser Respekt älteren und erfahreneren Hexen anerzogen, doch Kira hielt sich nur selten mit derartigen Ehrerbietungen auf. In ihren Augen musste sich ihr Gegenüber seine besondere Behandlung zunächst verdienen. Dieses Mal jedoch hatte sie sich nicht einfach an der älteren Hexe vorbeischleichen können. Sie hatte stehen bleiben müssen, wie vom Donner gerührt hatte Kira die Wucht der magischen Kraft getroffen.

„Sie hat irgendetwas davon gefaselt, ob ich nicht immer jung bleiben wolle und so einen Humbug. Ich sage dir, die war echt krass drauf. Wollte mir wohl Angst vor dem Altwerden machen. Als ich ihr sagte, ich würde mich darauf freuen, hat sie mich ganz komisch angesehen. So als ob ich verrückt wäre … Oder nein, irgendwie ungläubig. Ach, keine Ahnung. Ich habe jedenfalls eine Heidenangst bekommen. Das war mega unheimlich und gruselig. Und dann dieses komische Gefühl …", fasste sie für Sergé das Erlebte kurz zusammen.

Normalerweise unterbrach er sie am laufenden Band und es sprach dafür, dass er den Ernst der Lage so rasch erkannte, wenn er sie an einem Stück erzählen ließ. Noch nie hatte er Kira so die Fassung verlieren sehen. Ihre imaginär errichteten Mauern beschützten sie normalerweise vor derartigen Gefühlsausbrüchen, doch die Begegnung schien etwas daran geändert zu haben.

„Du meinst, dass sie mit diesen Andeutungen das Jugendelixier gemeint haben könnte?", hakte er schließlich genauer nach, nachdem Kira schwieg und nur stumm auf ihre zitternden Hände starrte. In ihrem Kopf drehte sich alles. Jetzt, wo sie hier war und das Gefühl, verfolgt zu werden, verschwand, hegte sie Zweifel. War es tatsächlich das Richtige, die Zelte abzureißen und zu fliehen? Und wohin überhaupt? Tja, wenn sie keinen Ort kannte, an den sie flüchten konnte, so würde auch niemand sonst wissen, wo man sie suchen sollte.

Es war definitiv klüger irgendwohin zu verschwinden, mehr herauszufinden und sich dabei zunächst bedeckt zu halten, als hier zubleiben, sodass jeder wusste, wo sie zu finden war.

„Kira!", riss Sergé sie aus ihren Gedanken. Erschrocken zuckte sie zusammen und erhob sich.

„Ich bin mir sogar sicher. Aber egal, um welchen Zauber es sich dabei auch handeln mochte, eines jedenfalls steht fest." Sie wirbelte herum und deutete auf ihren Schrank, mit Hilfe der Luftmagie öffneten sich die Türen.

„Wir können nicht hierbleiben. Die werden uns holen."

„Die?" Sergé schien noch nicht überzeugt, denn er tat nichts, um sie bei ihren Fluchtplänen zu unterstützen. Stattdessen saß er immer noch auf ihrem

Bett und musterte sie aus diesen unheimlich roten Augen. Kira empfand diese Farbe als seltsam.

Die Pupillen erinnerten an einen geschliffenen Edelstein. Je nachdem wie das Licht einfiel, waren sie entweder von einem solch dunklen Rot, dass sie beinahe schwarz wirkten oder sie glühten regelrecht. Es faszinierte und beängstigte die junge Hexe gleichermaßen.

Während sie in einem wirren Haufen aus Kleidung zu versinken schien, beantwortete sie nebenbei seine Frage.

„Ja. Es sind fünf Hexen. Sie wollen ein Ritual durchführen, einer dieser mega mächtigen Zauber, die man nur am dreiunddreißigsten Geburtstag durchführen kann.“ Verzweifelt sah sie sich nach einem Koffer oder zumindest einer großen Tasche um, in der sie die wichtigsten Dinge verstauen konnte.

„Ja, und? Wenn es nur das ist, dann hilf ihnen doch einfach und wir haben wieder unsere Ruhe. Sollte es sich dabei tatsächlich um *diesen* Zauber handeln, dann umso besser.“ Sergé zuckte leichthin mit den Schultern.

Er nahm solche Dinge nie wirklich ernst. Kira warf ihm einen wütenden Blick zu und hatte sich endlich für einen klobigen Rucksack entschieden.

„Hah, von wegen! Ich habe sie ein wenig ausgehorcht, bevor ich mich aus dem Staub gemacht habe. Sie benötigen je eine Hexe, die eines der fünf Elemente beherrscht. Diese Bedingungen erfüllen sie anscheinend. Dann noch die Elemente selbst und einige entscheidende Zutaten, darauf ist sie natürlich nicht näher eingegangen. Außerdem scheint Blut eine große Rolle zu spielen, weil es ja das Lebenselixier ist. Deswegen kam ich überhaupt auf die Idee, dass es sich dabei um das Jugendelixier handelt. Und zu guter

Letzt ist es von entscheidender Bedeutung, dass der Träger des Elements Geist bei der Zeremonie anwesend ist", schloss Kira mit einem überheblichen Blick.

Sie war sicher, ihn damit nun endgültig aus der Fassung bringen zu können. Das würde auch endlich Zeit werden.

„Geist? Aber … Du?!" Anstatt sie verblüfft anzustarren, verfiel Sergé in haltloses Gelächter. Er kullerte über das mächtige Himmelbett. Beleidigt schob Kira die Unterlippe vor.

„Genau." Wichtigtuerisch warf sie die langen braunen Haare über die Schulter und blickte ihn offen an. „Aus irgendeinem unerfindlichen Grund sind sie der Meinung, dass ich diese Trägerin bin. Da ich es aber unmöglich sein kann, möchte ich mich ungern auf diese Geschichte einlassen. Du verstehst?"

„Tja, dann sollten wir vielleicht tatsächlich besser von hier verschwinden." Sergé sprang vom Bett und landete auf dem bunten Teppich, der quer im Raum lag.

„Was weißt du über das Element Geist?", wollte er jedoch sogleich wissen. Kira hielt kurz inne und überlegte angestrengt.

„Nicht wirklich viel. Ich weiß, dass immer nur eine Hexe das Geistelement in sich trägt und dieses zumeist unbemerkt bleibt. Mehr aber auch nicht. Weder ist das sechste Element Bestandteil unseres Unterrichts, noch habe ich je ein Buch darüber in der Bibliothek gesehen."

„Mhm."

Verunsichert kaute Kira auf ihrer Unterlippe herum und vergaß darüber hinaus sogar ihre Fluchtpläne. Es wurde stets ein Geheimnis darum gemacht und wenn man darüber sprach, dann nur in geflüsterten Worten. Irgendetwas Unheimliches und geradezu Gefährliches schien mit diesem Thema einherzugehen. Als das Element zur Sprache gekommen war, hatte sich in ihrem Magen alles verknotet und ihr Fluchtinstinkt hatte sich gemeldet.

Unwillkürlich schüttelte sie den Kopf. Es war vollkommen egal, was es damit auf sich hatte. Sie musste von hier verschwinden. Wer wusste schon, was diese Hexen mit ihr anstellten, um das Geistelement in ihrem Inneren zu aktivieren? Und was passierte, wenn dieses gar nicht da war, wollte sie noch weniger dringend herausfinden!

„Willst du nicht weiterpacken?", fragte Sergé sie. Seine aufgerissenen Augen verrieten ihr, dass auch er sich mittlerweile Sorgen machte.

„Bin dabei", war ihre knappe Antwort.

„Wo wollen wir überhaupt hin?"

„Zuerst einmal weg von hier. Ich weiß von einer Schwester meiner Mutter, die weiter im Süden leben soll. Wir könnten zunächst in die Richtung gehen und uns dann notfalls durchfragen."

„Du hast also keinen wirklichen Plan." Sergé klang missbilligend und setzte sich auf den Teppich, während er sie eindringlich mit seinen Schlitzpupillen musterte.

„Nein, nicht wirklich. Aber dafür haben wir später immer noch Zeit. Wir müssen bis zum Abend Aufbruch bereit sein und uns dann in der Nacht davonstehlen. Im Dunkeln wird es leichter sein unauffällig zu bleiben."

„Du warst seit zehn Jahren nicht mehr dort draußen!", warnte Sergé sie.

„Als ob ich das nicht selber wüsste", antwortete Kira kurz angebunden. Sie wollte nicht daran erinnert werden und brauchte es auch nicht, sie wusste das.

„Du hast überhaupt keine Ahnung, wie du dich da

draußen verhalten musst. Außerdem müssen wir im Süden unsere Kräfte verbergen. Deine Tante ist nicht …?“

„Ich weiß es nicht. Aber ich glaube nicht, dass sie zu den Hexen gehört, dann würde sie nicht im Süden leben. Nicht mehr …“

Kira schwieg. Als ihre Eltern vor zehn Jahren umkamen, war es die menschliche Bevölkerung gewesen, die dafür verantwortlich gewesen war. Zu der Zeit hatte es viele Kämpfe gegeben und Hetzjagden gegen die Hexen. Vor allem Männer unterstützten diese Proteste. Die Hexen waren der Meinung, dass die Männer sich minderbemittelt fühlten, weil nur Frauen magische Kräfte erlangen konnten. Doch das war eine Regelung, die sich weder umgehen noch ändern ließ. Die Magie hatte es so eingerichtet und damit Schluss.

Weil es keine Möglichkeit gab, magische Kräfte zu übertragen oder sie jemandem für immer wegzunehmen, gab es immer wieder hitzige Debatten, wie sich die Lage ändern ließe. Nicht selten gerieten diese außer Kontrolle und oft waren am Ende die Hexen die Leidtragenden.

Auch Kiras Eltern, ihre Mutter Hexe, ihr Vater natürlich nicht, hatten dies zu spüren bekommen. Die wenigen Erinnerungen, die ihr aus dieser Nacht geblieben waren, brachten sie regelmäßig in Schwierigkeiten. Sobald die Bilder sich einen Weg bahnten und Kira übermannten, brach alles aus ihr heraus. Der Schmerz, Frust, Angst und die Magie.

Kira hatte vier solcher Wutausbrüche bereits hinter sich. Einen kurz nach dem Unglück als die Ersten sie nach den Erlebnissen befragt hatten. Einen Zweiten als sie im Internat ankam und zu viele Hexen ebenfalls Genaueres hatten wissen wollen. Einen weiteren kurz vor ihrem elften Geburtstag, weil es normalerweise Tradition war, dass die Mutter oder eine andere Hexe aus der Familie bei der Beschwörung des Vertrauten anwesend waren und Kira niemanden gehabt hatte. Und den Letzten als Sergé sie zu dem Thema ausgequetscht hatte.

Der Vierte war am schwächsten gewesen. Weil ihr Vertrauter bei Kira gewesen war, hatte er die magische Kraft weitestgehend abfangen können, sodass sie keinen allzu großen Schaden angerichtet hatte.

Außerdem waren die beiden allein gewesen und lediglich ihr Turmzimmer war in Mitleidenschaft gezogen worden. Aber sie hatte niemanden sonst verletzt. Die vorangegangenen Male hatte das anders ausgesehen. Neben Brandwunden und schlimmen Schnittverletzungen hatten gerade ihre Mitschülerinnen ein furchtbares Trauma erlebt.

Doch das hatte seinen Grund. Kiras Eltern waren in ihrem Haus verbrannt. Unbekannte hatten das Feuer gelegt, während die Familie schlief. Als sie von dem Knistern der Flammen und dem Rauchgeruch geweckt worden waren, war es bereits zu spät gewesen. Kiras Mutter hatte ihren Vertrauten - eine Füchsin, die sich teleportieren konnte - angewiesen, Kira zu retten und erst danach zurückzukehren. Doch wegen der Trennung von ihrem Vertrauten waren ihre magischen Kräfte stark geschwächt gewesen. Ihr war es nicht möglich gewesen die Flammen unter Kontrolle zu bekommen, zumal sie das Erd- und das Metallelement beherrscht hatte. Als die Füchsin ins brennende Haus zurückkehrte, waren sie alle in dem Flammenmeer umgekommen.

Seitdem quälten das kleine Mädchen Schuldgefühle, die sie auch als junge Erwachsene nicht abschütteln konnte. So irrational es anderen auch erscheinen mochte, fühlte sie sich insgeheim für den Tod ihrer Eltern verantwortlich. Sie hatte diese Gefühle mit all den Erinnerungen tief in sich vergraben, weil es sie zu sehr schmerzte. Doch da sie sich mit den Dingen nie richtig auseinandergesetzt hatte und dieses Erlebnis nicht verarbeiten konnte, war es zu den Ausbrüchen gekommen.

Auch die schützende Mauer und ihre abweisende Haltung waren ein Resultat jenes Unglücks. Sergé war der Einzige, der ab und an zu ihr durchdrang.

Seit diesem fürchterlichen Vorfall, bei dem sowohl Hexe als auch Mensch umkamen, hatten die Hexen entschieden, sich aus dem Gebiet zurückzuziehen. Ihre Töchter wurden auf Internate geschickt, wo sie sicher waren und die Erwachsenen lebten hauptsächlich im Norden des Landes. Der Westen und der Osten waren gespickt von Menschen und Hexen, sowie ihren Familien. Doch im Süden sollte man sich seit jener Nacht lieber nicht mehr als Hexe zeigen, denn die radikalen Vertreter hatten sich dort zusammengerottet.

Sie hatten ihr Handeln und den furchtbaren Mord verteidigt und nicht das Feld räumen wollen, um womöglich den Eindruck zu erwecken, dass sie doch nicht voll und ganz hinter dem standen, was sie und ihre Anhänger taten.

Wenn Kira sich also dorthin aufmachte, um Informationen über den Aufenthaltsort ihrer einzigen Verwandten zu bekommen, begab sie sich sozusagen ins Feindesgebiet. Sie konnte sich nicht einmal vorstellen, was passieren würde, wenn die Menschen sie als Hexe enttarnten. Aber gerade dort würden ihre Verfolger nicht nach ihr suchen.

Kiras Entschluss stand fest, im Süden wären sie am sichersten. Solange sie verbarg, dass sie über magische Kräfte verfügte, würde sie sicher sein. Denn selbst wenn die fünf Hexen sie aufspürten, könnten sie dort nicht offen ihre Magie einsetzen, wenn sie nicht augenblicklich auf einem rasch errichteten Scheiterhaufen brennen wollten.

Kira schüttelte geistesabwesend den Kopf. So schlimm würde es dort schon nicht sein. Sie wusste nur, was die Lehrer oder ihre Mitschüler ihr erzählten und was sie in den wenigen Büchern zu dem Thema zu lesen bekam. Es waren Gerüchte, überspitzte Erzählungen und wahrscheinlich war nicht einmal die Hälfte der Schauergeschichten wahr, aber vorsichtig sollte sie dennoch sein. Ein abgrundtiefer Seufzer riss sie aus ihren düsteren Gedanken und Überlegungen.

„Haaahh, ich sehe es deinem Gesicht an. Du meinst es wirklich ernst damit."

Kira schaute über die Schulter in diese fremden Augen, die ihr gleichzeitig so vertraut waren, und brachte ein Lächeln zustande.

„Wir schaffen das schon. Uns anpassen, das können wir schließlich gut", sagte sie zuversichtlich.

„Du meinst, du kannst das gut. Verbergen, wer du wirklich bist. Darin bist du unübertroffen." Sergé kniff die Augen zusammen.

„Jetzt beruhige dich wieder. Vor dir brauche ich mich nicht verstecken und ich verstelle mich auch nicht." Sie tippte mit einem Finger auf seine schuppige Nase.

„Schließlich bist du mein Vertrauter und kennst mich wie kein anderer."

Ihr Lächeln erstickte all seine zynischen Antworten bereits im Keim, sodass er lediglich ein unverständliches Gebrummel hervorbrachte, das ihr Lächeln noch ein bisschen breiter werden ließ.

Kapitel 2

Abwägen

Im großen Speisesaal war es normalerweise nicht erlaubt, seinen Vertrauten dabei zu haben. Obwohl sie die jungen Hexen sonst so gut wie überall hin begleiteten, bekamen sie zu den Mahlzeiten einen separierten Raum zugewiesen. Immerhin waren auch so große Tierwesen darunter wie Einhörner, Tiger oder auch mal ein Drache. Das gäbe ein schönes Durcheinander, wenn sie mit den Hexen an einem Tisch essen würden, zumal auch jeder von ihnen eine andere Art von Nahrung bevorzugte. Es war bereits während der Unterrichtszeiten oftmals schwierig, jede Form eines Vertrauten in den Lehrräumen unterzubringen.

Aber wegen seiner handlichen Größe hatte Kira Sergé schon oft heimlich hineingeschmuggelt und gerade an diesem Abend wollte sie unter gar keinen Umständen alleine sein. Der kleine Feuersalamander hatte sie nämlich davon überzeugen können, erst noch abzuwarten, bevor sie eine Flucht wagte. Kira hatte schließlich eingesehen, dass es ziemlich unklug wäre nur aufgrund eines Gefühls und einer unbestimmten Angst, einfach so ins Unbekannte aufzubrechen. Hier im Internat waren mehrere hundert Hexen, darunter auch höchst begabte Lehrerinnen.

Wo sollte sie sicherer sein als hier?

Nachdem Kira eine Weile neben dem gepackten Rucksack gesessen hatte und die Begegnung in immer weitere Ferne gerückt war, konnte sie selber nicht mehr so genau sagen, was sie zu dieser übertrieben panischen Reaktion getrieben hatte.

Deswegen hatte sie Sergés Aufforderung Folge

geleistet und war pünktlich zum Abendessen in den Speisesaal gegangen. Es war mit Sicherheit klüger erst noch die Lage zu sondieren, bevor man übereilte Entscheidungen traf.

Das sagte Kira sich die ganze Zeit und dennoch konnte sie nicht verhindern, dass ihr Blick immer wieder ängstlich über die Köpfe hinweg huschte. Der Saal war angefüllt mit fünfzehn großen Tafeln, die je einem Jahrgang zugeteilt waren. Die Lehrerschaft saß an einem separaten Tisch. Kira konnte nicht genau sagen, wonach sie Ausschau hielt, ihre Nerven waren jedoch bis zum Äußersten angespannt.

„Verhalte dich ganz normal", murmelte Sergé, der sich in der Bauchtasche ihres Pullovers verkrochen hatte.

Appetitlos starrte Kira auf ihren bis dahin noch leeren Teller und beschäftigte ihre Hände lieber damit über die glatte Haut des Feuersalamanders zu streicheln. Die Wärme, die er ausstrahlte, beruhigte sie. Von ihm ging keinerlei Anspannung aus, was sie ruhig durchatmen ließ.

Abermals sah Kira sich in dem gewaltigen Raum um, der erfüllt war von dem Summen hunderter Stimmen. Zu den Essenszeiten ging es stets sehr lebhaft zu. Speisen auf Tellern oder in Schüsseln flogen mit Luftmagie über die Köpfe der Anwesenden hinweg und man musste aufpassen, wenn man sich umsah, dass man nicht aus Versehen etwas davon ins Gesicht bekam.

Doch auch all diese fröhlichen Gespräche, das Lachen oder die freundlichen Gesichter vermochten es nicht, Kira von ihren Sorgen und Ängsten abzulenken. Sowieso hatte sie sich mit ihrer inneren Kälte nie ganz zugehörig gefühlt.

Mit den Jahren hatte sie jedoch gelernt, sich so zu verhalten, dass sie nicht ganz aus der Rolle fiel.

Sie musste zumindest so tun, als ob ihr etwas daran läge keine Außenseiterin zu sein, obwohl sie sich dennoch so fühlte. Die Schulleitung hatte sie näher ins Auge gefasst, nach ihrem unverzeihlichen Wutausbruch.

Kira wusste instinktiv, sollte sie sich nicht gesellschaftsfähig zeigen, dann würde sie schon bald große Probleme bekommen. Um das zu verhindern und auch in Zukunft weitestgehend in Ruhe gelassen zu werden, mimte sie gerne das normale Mädchen. Eine junge Hexe wie jede andere. Den Schein zu wahren, war ihr sogar so sehr in Fleisch und Blut übergegangen, dass sie wie selbstverständlich in das Gespräch einstieg, als eine Klassenkameradin sie etwas fragte.

„Warum hattest du es denn heute Nachmittag so eilig, Kira?" Milena beugte sich neugierig über den Tisch, während ihre Tischnachbarin mit Magie Wasser in ihren Becher füllte.

Es erhob sich aus dem Krug einen Meter entfernt und flog direkt vor Milenas Gesicht entlang. Für einige Sekunden verschwammen dadurch ihre Gesichtszüge, sodass Kira genug Zeit hatte, um sich zu sammeln. Sie musste blitzschnell entscheiden, ob sie der Frage auswich oder direkt die Begegnung mit der fremden Hexe erwähnte. Eventuell würde sie so erfahren, ob noch jemand sie getroffen hatte oder auf sie aufmerksam geworden war.

„Oh, das war …" Sie machte eine Kunstpause und beugte sich über ihren nach wie vor leeren Teller nach vorne. Milena setzte, wie erwartet, eine neugierige Miene auf, auch der Feuersalamander regte sich. Wahrscheinlich spitzte er gespannt die Ohren.
„… weil mich eine ältere Hexe angesprochen hat. Das war total gruselig."

Kira spürte ihren Vertrauten leicht erbeben.

Er wusste genau, dass sie in diesem Moment ganz große Augen machte, um die Spannung zu erhöhen und den Gesamteindruck aufzuwerten. Sie musste sich zusammenreißen, um nicht zu grinsen, weil er sie so leicht durchschaute. Doch das hätte ihre gesamte Performance ruiniert.

„Was ist denn daran gruselig und wie kam die überhaupt hier herein?“, meldete sich das Mädchen rechts von Kira zu Wort. Ihr Name war Fiona oder so ähnlich.

„Das Gruselige daran war, dass sie mich auf … das Jugendelixier angesprochen hat.“ Die letzten Worte flüsterte Kira nur noch und ihre Tischnachbarinnen beugte sich gespannt vor, um ja kein Wort zu verpassen. Als sie jedoch hörten, worum es ging, zuckten alle reihum zusammen.

Kira war sich durchaus bewusst, dass sie damit Gerüchte säte. Aber eventuell erfuhren so auf Umwegen auch die Lehrer davon. Am Ende würde niemand mehr wissen, dass sie es gewesen war, die diese Begegnung gehabt hatte, aber daran, dass jemand etwas über das Jugendelixier erzählte, daran würden sich alle erinnern. Sollte die Hexe noch im Internat sein, so würde verstärkt darauf geachtet werden und womöglich befragte man sie bezüglich ihres Treibens hier. So der Plan, doch ob er aufgehen würde?

Plan B war jedenfalls schon mal nicht aufgegangen. Kira hatte sich nämlich erhofft, es würde sich irgendjemand am Tisch dazu äußern, dass er eine geheimnisvolle Gestalt oder Ähnliches gesehen hatte. Eventuell war außer ihr noch jemand angesprochen worden. Doch nichts. Sie schien sowohl die Einzige zu sein, die in ein Gespräch verwickelt worden war, als auch die einzige, die die Hexe überhaupt gesehen hatte.

Wüsste sie nicht ganz genau, dass sie sich diese Begegnung nicht eingebildet hatte, würde sie jetzt eventuell zu zweifeln beginnen, aber sie wusste, was sie gesehen hatte!

Während Kira sich nun doch etwas Essen auf ihren Teller lud, bevor alles verspeist war, verbreitete sich das Gerücht, jemand habe vor, das Jugendelixier herzustellen, ganz von alleine. Davon war zwar nie die Rede gewesen, aber falsch war es selbstverständlich auch nicht und so erhob Kira keine Einwände. Stattdessen steckte sie Sergé heimlich einige Brotstücke zu, die er begierig hinunter schlang. Sie selbst aß auch ein wenig und sah dabei gespannt zu, wie das Gerede seine Kreise zog.

„Ich habe keine neuen Informationen. Das Theater beim Abendessen hat rein gar nichts gebracht!" Kira vergrub resigniert das Gesicht in ihrem Kopfkissen und stöhnte jämmerlich.

„Das war doch eine längerfristige Aktion, oder nicht? Hast du wirklich geglaubt, irgendwelche Erkenntnisse zu gewinnen, wenn du ein so unsinniges Gerücht streust?", wollte Sergé mit hochgezogenen Augenbrauen wissen.

„Gehofft?", kam die gedämpfte Antwort, dann hob Kira den Kopf. „Ich dachte, dass zumindest irgendetwas passieren würde. Jemand, der diese seltsame Hexe ebenfalls gesehen hat, würde bei diesem Rumor doch nie damit hinter dem Hexenkessel halten, oder? Aber so wie es ausschaut, hat niemand etwas Verdächtiges bemerkt und das ist doch seltsam."

„Seltsam wäre es eher, wenn sie sich so auffällig verhalten hätte, dass sie noch von anderen bemerkt wurde", erwiderte Sergé.

„Ja, mag sein."

Kira drehte sich auf den Rücken und starrte blind

an die Decke. Das alles kam ihr so seltsam vor. Wenn diese merkwürdigen Hexen sie so dringend brauchten, wieso waren sie dann das Risiko eingegangen, dass sie den Vorschlag der Zusammenarbeit ablehnte?

Es war unwahrscheinlich, dass sie diese Möglichkeit nicht in Betracht gezogen hatten. Sie mussten damit gerechnet haben, dass so etwas passieren könnte. Viel einfacher wäre es gewesen, sie an einem Wochenende, an dem kein Unterricht stattfand, zu entführen. Bis ihr Verschwinden jemandem auffiel, wäre es wahrscheinlich Montag und bis dahin wären die Hexen mit ihr über alle Berge gewesen. Nachdenklich kaute sie auf ihrer Lippe herum. Es gab keine zufriedenstellenden Antworten auf die zahlreichen Fragen. Es war alles so verworren und undurchsichtig. Das machte sie verrückt!

„Beruhige dich wieder. Lass uns einfach abwarten, was der Tag morgen bringt", sprach Sergé sanft auf sie ein.

„Meinst du wirklich, ich habe einfach nur überreagiert?" Kira hatte es umformuliert, doch das war nicht der Punkt, weswegen ihr Vertrauter aufhorchte. Sie klang in Sergés Ohren völlig unsicher, das war sehr ungewöhnlich. Noch dazu hatte sie am Nachmittag tatsächlich alles für eine mögliche Flucht eingepackt. Es würde nicht zu Kira passen, wenn sie sich dermaßen geirrt hatte.

Er wollte sie allerdings nicht noch mehr verunsichern und außerdem war er nach wie vor der Meinung, dass sie hier am sichersten war. Er würde also den Teufel tun und sie dazu bewegen, doch die Flucht zu ergreifen.

„Ich weiß nicht, was genau dich so in Panik versetzt hat, aber hier sind wir absolut sicher. Also schlaf jetzt."

Er selbst schloss die Augen, die zuvor noch unheimlich in der Dunkelheit geleuchtet hatten. Kira starrte eine Weile auf diese Stelle, dann schüttelte sie all die unguten Gefühle ab. Sie vertraute ihm, Sergé würde sie immer beschützen. Darauf, wenn auch auf nichts anderes, konnte sie sich verlassen. Vorsichtig strich sie ihm als Gute-Nacht-Gruß über den Rücken.

Der kleine Feuersalamander hatte sich neben ihrem Kopfkissen in ihrem Bett zu einer Kugel zusammengerollt. Dort hatte er schon seit seinem ersten Tag geschlafen und diesen Platz von Beginn an verteidigt. Sie hatte noch so starrsinnig darauf bestehen können, dass er seinen zugewiesenen Platz neben ihrem Schreibtisch zum Schlafen aufsuchte - es war eine Art kleiner Hundekorb, zwar mit weichen Decken und einem Kissen ausgekleidet, aber doch nicht mehr als ein Schlafplatz für ein Haustier. Das war in seinen Augen eine Beleidigung und absolut inakzeptabel gewesen. Der Feuersalamander hatte sich in diesem Punkt sehr hartnäckig gezeigt.

Er hatte sich in der Nacht einfach aus dem Korb auf ihr Bett geschlichen und wenn sie am nächsten Morgen aufgewacht war, hatte er neben ihrem Kopfkissen selig geschlummert.

Nachdem sie einsehen musste, dass er sich davon nur abhalten ließ, wenn sie ihn aussperrte - was verboten war und sie hätte es auch nicht über sich gebracht - hatte Kira nachgegeben. Und so hatte Sergé sich nach zweiundzwanzig Tagen *seinen* Schlafplatz gesichert. Inzwischen nahm sie es als äußerst beruhigend wahr, dass er so nah bei ihr war. Gerade heute Nacht gab ihr seine Anwesenheit eine enorme Sicherheit.

Kapitel 3

Jäger oder Gejagter?

Die nächsten zwei Tage verliefen ganz normal, was Kira fast an den Rand des Wahnsinns trieb. Tag drei machte es dann auch nicht besser, ganz im Gegenteil. Die Sache mit dem Jugendelixier war am Ende tatsächlich den Lehrerinnen und damit auch der Internatsleitung zu Ohren gekommen. Dummerweise hatte sich ausgerechnet Milena noch ganz genau daran erinnern können, dass sie, Kira, es gewesen war, die mit dem Gerede angefangen hatte.

Sergé hatte dazu nur folgenden Kommentar abgelassen: „Du hättest wissen müssen, dass es Ärger geben kann. Schließlich redet niemand über dieses merkwürdige Elixier."

Das war nicht im Geringsten hilfreich gewesen. Dazu kam noch, dass, obwohl sie nun die Rektorin auf sich aufmerksam gemacht hatte, diese ihr nicht auch nur eine Sekunde zugehört hatte. Die Tatsache, dass Kira eine geheimnisvolle, gruselige und mitunter gefährliche Hexe unbefugt auf dem Internatsgelände angetroffen hatte, war nicht einmal zur Sprache gekommen. Jedes Mal, wenn Kira sich hatte erklären wollen, war sie unterbrochen worden. Niemand hatte hören wollen, was sie zu sagen hatte. Es war einzig und allein darum gegangen, ihr klar zu machen, was für ein Unheil sie mit diesem Gerede angerichtet hatte und welche Folgen es haben könnte.

Als ob es so schlimm war mal über etwas zu reden, was man sonst nur totschwieg. Das brachte noch lange niemanden um.

Ganz anders sah es da bei der fremden Hexe aus. Bei

ihr konnte man durchaus befürchten, dass sie sogar über Leichen gehen würde, um ihr Ziel zu erreichen. In Kiras Vorstellung hatte sich eine bösartige Gemeinschaft von alten Schachteln zusammen gescharrt, um wieder jung zu werden. Die Demütigungen und bösen Worte, die Kira aufgrund des Treffens mit der Rektorin hatte ertragen müssen, hatte sie die Hexen in einem noch düstereren Licht sehen lassen.

Frustriert ließ Kira Stifte und Papier durch die Luft segeln, in einem wahren Wirbelsturm fegten sie durch das Zimmer.

Sergé hatte sich Schutz suchend unter den Schreibtisch geflüchtet und saß dort mit grimmiger Miene, protestierte jedoch nicht. Er konnte ihre Wut und Verzweiflung spüren und es war gerechtfertigt. Deswegen hielt er sich zurück, bis sie sich abreagiert hatte und all die Gegenstände in einem kunterbunten Durcheinander zu Boden fielen. Zaghaft schob er eine Pfote nach der anderen vor und als nichts passierte, schlich er sich auf das große Himmelbett, auf das sich Kira keine zwei Sekunden später fallen ließ.

„Besser?"

„Weiß nicht." Sie seufzte und rollte sich auf der Decke zu einer Kugel zusammen, den Blick auf den Feuersalamander gerichtet. Es war, als ob sie von ihm nun eine Lösung des Problems erwartete.

„Ich weiß, dass du dich hier nie wirklich wohl gefühlt hast, aber sobald du zweiundzwanzig bist, bist du frei."

„Wir", verbesserte sie ihn. Dieses eine Wort umspülte ihn mit einem heißen Wärmegefühl. Es war neu, dass sie ihn so offensichtlich in ihr Leben ließ und ihn als Teil davon ansah. Das brachte ihn derart aus dem Konzept, sodass er nur mit leicht geöffneter

Schnauze dasitzen und sie anstarren konnte. Dabei versuchte er angestrengt zu verhindern, dass die Hitze nach außen drang und ihn dadurch verriet.

„Es ist nicht so, dass ich es hier vollkommen unerträglich finde, aber gerade jetzt …“ Kira stieß ein abgrundtiefes Seufzen aus und schloss für einen kurzen Moment die Augen. „Diese Sache mit dem Jugendelixier und dem Geistelement hat es nicht unbedingt besser gemacht.“

Eigentlich hatte sie ja noch nach diesem besonderen Element fragen wollen, aber dazu war sie gar nicht mehr gekommen, derart abgewürgt hatte die Rektorin sie. Es war einfach schrecklich, für etwas beschimpft zu werden, wofür man eigentlich Hilfe hatte erbeten wollen. Sie hatte sich furchtbar klein und unwichtig gefühlt und vor allem machtlos. Dabei hatte Kira sich doch geschworen, sich nie wieder hilflos vorzukommen.

Sie würde dieses Problem also selber lösen müssen, auf die Hilfe von anderen konnte sie dabei nicht setzen, das hatte sie nun erkannt. Tja, wenn das nur so einfach wäre, dann hätte sie dieses ganze Theater ja gar nicht gebraucht. Sie musste aber irgendwie weiterkommen, wenn sie nichts unternahm, trat sie auf der Stelle. Oder noch schlimmer, dann war sie den Hexen womöglich ganz und gar ausgeliefert.

„Hast du eine Idee?“, unterbrach sie Sergé in seinen Gedanken. Seine Miene hellte sich auf. Bis eben war seine Stirn gerunzelt gewesen und er hatte sehr grüblerisch dreingeblickt. Eventuell hatte er ja einen Plan ausgearbeitet? Gespannt setzte Kira sich auf und starrte ihn an.

„Willst du nur eine Idee oder gleich eine Lösung?“

„Lösung wäre natürlich besser.“

Sie schaffte ein Lächeln und spürte den Funken der Hoffnung in ihrem Inneren entflammen. Doch zu früh gefreut.

„Damit kann ich leider nicht dienen. Ich kann dir jedoch sagen, welche Optionen wir haben", fügte Sergé rasch hinzu, als er Kiras enttäuschte Miene bemerkte.

„Optionen, super!" Sie warf theatralisch die Hände in die Luft und ließ sich rittlings aufs Bett fallen, sodass der kleine Feuersalamander ein Stück in die Luft katapultiert wurde.

„Ups", sagte sie entschuldigend, konnte ein Grinsen jedoch nicht verhindern.

„Sehr witzig", grummelte Sergé.

„So ein kleiner Höhenflug bringt dich ja vielleicht auf neue Ideen." Frech streckte sie ihm die Zunge heraus und stützte sich dann auf ihren rechten Arm, um ihn erwartungsvoll anzusehen.

„Deine Möglichkeiten zum derzeitigen Zeitpunkt", er vermied es absichtlich, erneut Optionen zu sagen. „Da wäre zunächst natürlich dein ursprünglicher Plan, abzuhauen. Ich würde ihn derzeit noch nicht in Betracht ziehen, immerhin ist keine weitere dieser Hexen aufgetaucht und wir hatten unsere Ruhe. Die Gefahren, die dort draußen auf uns lauern, könnten viel größer sein als alles, was uns hier drinnen erwartet."

Kira zog eine Grimasse. Sie sah das offensichtlich anders, widersprach aber nicht, sondern hörte bis zum Ende zu.

„Was ich persönlich empfehlen würde, wäre, erneut ein Gespräch mit der Rektorin zu suchen. Wenn du ihr die Sachlage erläuterst –"

„Das habe ich doch versucht", fuhr sie dazwischen.

„Aber in der falschen Situation. Suche von dir aus das Gespräch und nicht, wenn sie dich wegen eines ‚Vergehens' vorlädt. Dann habt ihr einen ganz anderen Ausgangspunkt, das könnte helfen." Kira kaute unschlüssig auf ihrer Unterlippe herum. „Ein Versuch wäre es zumindest wert. Ich begleite dich gerne. Du kannst sie ja nach dem Abendessen abfangen und musst sie nicht in ihrem Büro aufsuchen."

„Mhm." Kiras Begeisterung hielt sich auch weiterhin in Grenzen. „Gibt es noch eine ‚Möglichkeit'?"

„Du kannst Däumchen drehen und einfach abwarten." Der Feuersalamander hob die Schultern und sah sie unschuldig an.

Er wusste, dass ihr so etwas nicht lag.

„Grr." Kira grummelte und knurrte. Sie stellte sich so an, als ob sie eine Katze wäre und ins kalte Wasser springen müsste. Es fiel ihr sichtlich schwer, auf die Rektorin zuzugehen, um diese, um Hilfe zu bitten. Vor allem, nachdem sie heute eine solche Abfuhr erhalten hatte. Doch sie beide wussten, dass es der vernünftigere Weg war, nochmals das Gespräch zu suchen und erst die Flucht zu wagen, nachdem es keine andere Wahl mehr gab.

Kira sprach es zwar nicht laut aus, aber ihr Schweigen verriet Sergé, dass sie die zweite Option gewählt hatte. Er war sich nur nicht sicher, ob dieser Schritt etwas bringen würde. Er kannte die Meinungen der Lehrkräfte und der Internatsleitung. Sie alle hielten Kira für ein leicht durchgeknalltes Mädchen.

Psychisch instabil, jemand, den man im Auge behalten musste. Die Aktion am Nachmittag hatte ihn nur in seiner Annahme bestätigt. Sobald Kira auch nur das klitzekleinste Anzeichen von Schwäche oder Unzurechnungsfähigkeit zeigte, würden sie wer weiß was mit der jungen Hexe anstellen. Er hatte Angst um sie.

Doch die Sorge, was die Hexen hier mit ihr tun könnten, war nicht so groß, wie jene, was passieren würde, sollten sie das Internat verlassen. Kira war stark und gerade mit ihrer Willenskraft konnte es kaum einer aufnehmen, aber sie war nur eine gegen fünf und noch dazu fünf unglaublich mächtige, alte Hexen. Sie hätten keine Chance, sollten sie auf diese Gruppe treffen. Sie würden nicht wegrennen können, es gäbe kein Entkommen. Darum durfte er es gar nicht erst so weit kommen lassen.

Diese Nacht lag er wie so oft wach und beobachtete sie nachdenklich beim Schlafen. Wenn diese Hexe recht hatte und Kira tatsächlich die Trägerin des Geistelementes war, was würde das dann bedeuten? In ihrem Inneren schlummerten womöglich Kräfte, mit denen es niemand aufnehmen konnte.

Die große Frage war jedoch, wie man diese freisetzte. Er fand einfach keine Lösung für dieses Problem, dafür wusste er zu wenig über das Element. Sie würden sich über kurz oder lang besser informieren müssen. Was nur die nächste Frage aufwarf: Wie kam man an mehr Informationen? Wie fand man mehr heraus? Er bezweifelte, dass es in der Bibliothek des Internats irgendwelche Bücher gab, die ihnen die nötigen Antworten lieferten. Sie würden also an anderer Stelle suchen müssen, allerdings hatte er nicht die kleinste Idee, wo.

Sergé schloss für einen kurzen Moment konzentriert die Augen. Das Wissen war dort irgendwo, er konnte es spüren. Doch er konnte immer noch nicht darauf zugreifen.

Das war so frustrierend, es fühlte sich zum Greifen nahe an und befand sich doch außerhalb seiner Reichweite. Mit einem unterdrückten Seufzer öffnete er wieder die Augen.

Er saß auf der Matratze und blickte von oben auf Kiras schlafendes Gesicht. Das Mondlicht, welches durch das abgerundete Turmfenster fiel, umschmeichelte ihre feinen Gesichtszüge. Sie sah friedlich aus. All die Sorgen waren vergessen. Doch sobald sie erwachte und die Augen öffnete, wären sie wieder da. Wie eine drohende Wolke, der man bereits ansah, dass es bald Regen geben würde. Er brauchte dringend einen guten Einfall, woher er einen Regenschirm bekäme. Doch das Nutzwerk der Menschen war in der Welt der Hexen eine Seltenheit und so würde er wohl noch einige Zeit brauchen, um einen zu finden.

Kapitel 4

Entscheidung

Kira lag am nächsten Morgen eine ganze Weile wach, während Sergé leise atmend neben ihr schlief. Sie legte sich Worte, Sätze und Einleitungen zurecht, durchdachte Argumente, die richtige Reihenfolge und machte sich einen riesigen Kopf wegen des Gesprächs mit der Rektorin. Diese Frau hatte sie schon immer nervös gemacht. Sie war nur mit ihr in Kontakt gekommen, wenn es irgendwie Ärger gab, weswegen sie jedes dieser Treffen mit einem negativen Gefühl verband. Inzwischen war es ihr kaum noch möglich, der Rektorin ohne wild klopfendem Herzen gegenüber zu treten. Allein bei dem Gedanken raste ihr Puls. Sie bemühte sich vergebens, ihre Gefühle unter Kontrolle zu bekommen, doch es gelang ihr nicht.

Als es schließlich Zeit war für die erste Stunde, schlich sie wenig begeistert in den Unterricht. Beim Frühstück hatte sie die gesamte Zeit den Lehrertisch im Auge behalten, doch die Rektorin war nicht aufgetaucht. Das war an sich nichts Ungewöhnliches, sie erledigte oftmals am Vormittag den Papierkram und aß in ihren Räumlichkeiten. Dennoch war es für Kira äußerst ungünstig, so würde sie doch bis zum Mittagessen warten müssen, bis sich eine weitere Gelegenheit ergab.

Was jedoch bedeutete, dass sie zunächst den Vormittagsunterricht überstehen müsste. Sie war beinahe die gesamte Zeit abwesend und Sergé, der wie gewöhnlich auf ihrem Schreibpult saß, warf ihr regelmäßig besorgte Blicke zu.

Sie tat allerdings so, als würde sie es nicht

bemerken und hing weiterhin ihren Gedanken nach. Der sonst sehr interessante Feuer-Unterricht konnte sie an diesem Morgen überhaupt nicht begeistern. Als es dann um die praktische Ausführung eines Feuerballs ging, fiel es ihr noch immer schwer, richtig aufzupassen. Sie sollten ihn auf der Handfläche entstehen lassen, einige Sekunden die Form beibehalten und ihn dann verlöschen lassen. Bei diesen Übungen war Kira normalerweise Feuer und Flamme, da dieses Element fast schon vorher wusste, was sie von ihm verlangen würde.

Als sie jedoch an der Reihe war, erschuf sie recht lustlos den gewünschten Feuerball und ließ ihn dann wieder verlöschen. Keine Extravorführung ihres Könnens, indem sie ihn noch auf und ab hüpfen oder um die eigene Achse kreiseln ließ. Als sie ein anerkennendes Nicken der Lehrerin erhielt, kehrte sie an ihren Platz in den Kreis der Hexen zurück, die sich um die bühnenartige Vorrichtung versammelt hatten. Diese wurde stets für die praktischen Übungen genutzt, da sie zum Schutz mit etlichen Zaubern versehen war.

Die Unterrichtsräume waren zylindrisch aufgebaut. An der schmalsten Stelle befanden sie die Tafel und das Pult der Lehrerinnen. Beides stand sich auf einer Art Podest, der Bühne. Dahinter waren hintereinander sich erhebende Tischreihen für die Schülerinnen aufgebaut. So erschuf man eine geeignete Atmosphäre und eine gute Akustik.

Als der Unterricht beendet war - jeweils der Vor- und Nachmittag waren je einem Element gewidmet -, schlurfte Kira zurück zum Turm und folgte den schnatternden Scharen von Hexen in den Speisesaal. Ihr Magen schien sich beim Anblick des Essens von innen nach außen zu kehren.

Die Rektorin saß am Lehrertisch und vor lauter Nervosität bekam Kira keinen einzigen Bissen hinunter. Es wäre mehr als nur unhöflich gewesen, wenn sie es gewagt hätte, während des Essens, um ein Gespräch zu bitten. Da Kira nicht erneut für einen negativen Eindruck sorgen wollte, blieb sie geduldig auf ihrem Platz sitzen, die Hände im Schoß verknotet. Andauernd warf sie ängstliche Blicke hinüber.

Was wenn sie nun nicht mitbekam, dass die Rektorin ging? So sehr sie sich auch vor diesem Gespräch fürchtete, wollte sie es inzwischen einfach nur noch hinter sich haben und nicht noch länger vor sich herschieben. Irgendwann würde sie bei diesem inneren Druck platzen!

Deswegen sprang sie wie von der Feder hochkatapultiert auf, als die Rektorin sich von der Tafel erhob. Rasch schlängelte Kira sich durch das Chaos, das immer noch herrschte, und wich Suppentellern und Kellen aus. Sie erreichte die Rektorin, kurz bevor diese den Speisesaal verließ.

„Einen Moment bitte. Hätten Sie kurz Zeit?" Kiras Herz schlug ihr mit einem Mal bis zum Hals, sie bekam kaum noch Luft, doch ein Rückzieher kam nicht in Frage. Sie musste da jetzt durch, danach würde es ihr wieder besser gehen.

„Kira." Sie hörte den Seufzer, der sich hinter ihrem Namen versteckt hielt, was ihre Aufregung noch zusätzlich anfachte.

„Ja."

„Eigentlich habe ich etwas Dringendes zu erledigen. Aber wenn es nicht zu lange dauert." Die Rektorin Salomon wandte sich ihr zu und zog die Hand von der Eichenholztür. Kira ballte die Hände wütend zur Faust. Es kam ihr so vor, als ob sie ihr gegenüber nachlässig wäre, wie einem kleinen Kind, das ab und an ein wenig Aufmerksamkeit brauchte. Der Blick unter leicht gesenkten Lidern, weder richtig interessiert noch neugierig. Vielmehr wirkte sie gelangweilt, als ob sie sich einen schöneren Zeitvertreib vorstellen könnte.

Doch Kira durfte den Ärger nicht die Oberhand gewinnen lassen. So sehr sie dieses Verhalten auch kränkte, sie war hergekommen, um vernünftig zu reden, deswegen musste sie dringend einen kühlen Kopf bewahren. Als Zeichen der Ehrerbietung senkte Kira das Haupt, bevor sie zu sprechen begann. Obwohl sie am liebsten mit hochgerecktem Kinn dort gestanden hätte.

„Ich habe Sie aufgesucht, Rektorin Salomon, weil ich mit Ihnen über jenes Zusammentreffen mit der …" Doch sie kam nicht weiter. In diesem Moment wurde sie von der Lehrerin für Wassermagie unterbrochen.

„Rektorin Salomon." Sofort war der Schlafzimmerblick verschwunden und echtes Interesse spiegelte sich in den eisblauen Augen. Das graumelierte Haar gewann spürbar an Spannung. Auch Kira nahm die angespannte Atmosphäre überdeutlich wahr. Irgendetwas musste passiert sein.

„Was gibt es?", fragte die Rektorin ihn scharfem Tonfall.

„Nun …" Kira wurde ein unsicherer Blick zu geworfen, doch da kein Befehl erfolgte, der die junge Hexe weggeschickt hätte, fuhr die Lehrerin fort: „Anscheinend wurden mehrere Hexen gesichtet. Sie scheinen weder verwandt mit Schülerinnen zu sein, noch irgendeine Beziehung zum Internat zu haben. Einige Schülerinnen äußerten sich besorgt, zumal … wenn man die jüngsten Gerüchte berücksichtigt, dann …" Sie unterbrach sich und warf Kira erneut einen Blick zu.

Die blickte mit Schreck geweiteten Augen zur Rektorin hinüber.

„Wie sehen diese Hexen aus?"

„Sie sind in dunkle Umhänge gehüllt und drücken sich in den Schatten herum, als ob sie etwas oder jemanden beobachten würden. Es mag den Eindruck haben, dass sie ungefährlich sind, da bisher keine Zwischenfälle gemeldet wurden, aber ich fürchte, dass sie etwas im Schilde führen. In jedem Fall sollten wir der Sache nachgehen. Die ersten Schülerinnen zeigen sich verängstigt und trauen sich nicht mehr alleine hinaus. Ich möchte ungern riskieren, dass die Situation eskaliert." Sie hatte sich gefasst und blickte der Rektorin nun offen entgegen, diese nickte langsam.

„Wir beenden den Unterricht und schicken alle auf ihre Zimmer. Die Lehrkräfte durchsuchen paarweise das Gelände. Einige sollen in den Zimmern nach dem Rechten sehen." Mit einer fegenden Handbewegung schickte sie ihr Gegenüber fort, die sich mit einer angedeuteten Verbeugung auf den Weg machte.

„Kira, wir reden ein andermal. Das hier ist jetzt wichtiger."

„Aber ich …"

„Still jetzt! Es kann warten." Sie warf Kira einen kalten Blick zu, der jeden weiteren Ansatz eines Protestes bereits im Keim erstickte. „Hole deinen Vertrauten und dann begib dich wie alle anderen auf dein Zimmer, dort bist du sicher. Hast du verstanden?"

Kira versuchte vergeblich, den Kloß in ihrem Hals hinunterzuschlucken, doch es wollte ihr nicht gelingen. Schließlich nickte sie. Die Rektorin entfernte sich daraufhin mit hastigen Schritten, die schwere Tür schwang mit einem vernehmlichen

Quietschen auf und schon war sie in dem Gang dahinter verschwunden.

„Aber es ging doch um eben diese Hexen …“, murmelte Kira und starrte auf ihre verkrampften Finger. Sollte sie der Rektorin folgen, und sie dazu zwingen ihr Gehör zu schenken? Oder wäre das vergebene Liebesmüh? Wenn doch nur Sergé jetzt bei ihr wäre, er wüsste Rat. Doch um die Rektorin nicht zu verärgern, hatten sie entschieden, dass es klüger wäre, wenn er bei den anderen Vertrauten auf sie wartete. Eine Weile stand Kira noch unschlüssig da, während um sie herum die Ansage gemacht wurde, dass sich alle in ihre Schlafsäle zu begeben hatten.

Kira atmete tief durch und bemühte sich um einen kühlen Kopf. Als Erstes würde sie zu Sergé gehen, er hatte mit Sicherheit schon von der Aufforderung gehört und würde sich Sorgen um sie machen. Mit ihm zusammen würde sie besprechen, was nun zu tun wäre. Allein fühlte sie sich viel zu unentschlossen und ihre Gedanken drehten sich panisch im Kreis. Sie waren hier.

Die Hexen waren hier. Sie würden sie suchen. Sie würden sie holen kommen. Sie musste hier weg. Das war alles, an was Kira denken konnte. Doch sie zwang sich zur Ruhe, momentan konnte sie nicht fliehen, immerhin waren die Lehrerinnen in Alarmbereitschaft, sie musste sich gedulden.

Kapitel 5

Auf der Flucht

Der kleine Feuersalamander hatte sich, wie so oft, um Kiras Nacken gelegt, als die beiden sich kurz vor Mitternacht aus dem Schlafturm schlichen. Sergé konnte in seiner Rolle als Vertrauter ausgezeichnet im Dunkeln sehen. Noch dazu war er des Feuers mächtig. Was aber nur selten zum Einsatz kam. Kira beschwerte sich oft, dass er nicht nützlichere Fähigkeiten zu bieten hatte, doch Sergé nahm es locker. Er meinte immer, dass er nur das mitbrachte, was sie auch wirklich gebrauchen konnte. Es läge also an ihr.

In diesem Moment war seine Fähigkeit jedoch äußerst nützlich. Er konnte Kira ohne Probleme sicher die Treppe hinab und über das vollkommen dunkle Gelände dirigieren, ohne dass sie künstliches Licht benötigten, welches sie schnell verraten hätte. Die beiden Monde am Himmel waren von dichten Wolkenbänken bedeckt, sodass nur ab und an diffuses Licht die Umgebung ein klein wenig erhellte.

Bis zum Abend war wieder Ruhe eingekehrt im Internat. Die Lehrerinnen hatten das gesamte Gelände abgesucht. Etliche Stunden waren laute Rufe zu hören gewesen, sowie Stimmengewirr und Fetzen von Unterhaltungen. Mit der Dämmerung hatten die Hexen draußen tragbare Lichter heraufbeschworen, die über die freien Flächen huschten, doch am Ende hatte all der Aufwand nichts gebracht. Keine einzige fremde Hexe war entdeckt worden, weswegen die Unruhen den vorangegangen Gerüchten zugeschrieben wurden. Wahrscheinlich hatte sich irgendjemand wichtigmachen wollen und diese Dinge erfunden. Doch Kira wusste, dass sie dort draußen auf dem Gelände waren und nur darauf warteten, dass sie sie alleine erwischten.

Das war keine Einbildung!

Deswegen hatte für sie festgestanden, dass sie nicht länger bleiben konnte. Die fünf Hexen waren hier und es würde nur eine Frage der Zeit sein, bis sie sie gefangen nahmen oder sogar entführten. Da die Rektorin nicht gewillt war, ihr zuzuhören, musste sie eben selbst für ihre Sicherheit sorgen. Sergé hatte beim Anblick ihres entschlossenen Gesichts nicht einmal mehr versucht, sie vom Gegenteil zu überzeugen.

Kira hatte den Abend damit verbracht, ihre bereits für die Flucht gepackten Sachen zu überprüfen. Einige Dinge hatte sie ausgetauscht, manches dazu und wenige Sachen herausgeräumt. Schließlich hatte Kira auf den Gong zum Abendessen gewartet. Sie war mit allen anderen in den Speisesaal gegangen, Sergé dicht bei sich.

Dort war verkündet worden, dass sich keine fremden Hexen auf dem Gelände befänden und alle sicher wären. Der Unterricht würde am nächsten Tag wie gewohnt weitergehen und sie bräuchten sich keinerlei Gedanken zu machen. Ja, von wegen! Kira würde nicht bis zum nächsten Morgen warten, sie hatte beschlossen, so schnell wie möglich zu verschwinden. Lieber keine Zeit verlieren. Und hier war sie nun.

„Moment", stoppte Sergé Kira, als diese die Hand zum Portal ausstreckte. Den Eingang des Internats bildeten zwei beeindruckende Torbögen. Sie bestanden aus glitzerndem Edelstahl und mit wunderschönen Schnörkeln und künstlichen Rosen versehen.

Diese Kunstwerke waren von den Absolventinnen, welche die Elemente Metall und Feuer beherrschten, angefertigt worden. Tagsüber standen die Tore weit offen, eine gepflasterte Straße führte direkt zum Schlafturm in der Mitte, in welchem sich auch das Büro der Direktorin befand.

Nachts wurde der Ausgang verschlossen und mit Zaubern versehen. Ein kleines Portal direkt daneben diente dem schnellen und unbemerkten Verlassenen des Geländes. Kira hatte sich ebenfalls der beinahe unscheinbaren Pforte zugewandt, doch Sergé hielt sie auf.

„Was ist?", zischte sie.

„Da kommt jemand", flüsterte ihr Vertrauter ihr direkt ins Ohr. Ein Schauder überlief Kiras Rücken. Sie wirbelte herum und versuchte mit weit aufgerissenen Augen etwas zu erkennen.

„Versteck dich hinter dem Busch", wies Sergé sie an, als leise Schritte zu hören waren. Kira hechtete hinüber und kauerte sich dann in das notdürftige Versteck. Die Schritte waren leise, aber in der allumfassenden Stille der Nacht deutlich zu hören. Leises Rascheln von Kleidung, als die Person sich verstohlen umsah.

Dann wurden Beschwörungen gemurmelt und die Pforte öffnete sich. Die in einen langen dunklen Umhang gehüllte Hexe stahl sich eilig hinaus und verschwand dann in der Dunkelheit. Kira wartete sicherheitshalber noch einige Sekunden, bis sie sich regte.

„Wer war das?", fragte sie, erwartete jedoch keine Antwort.

„Ich weiß es nicht, aber wenn wir Glück haben, dann hat sie die Tür unverschlossen zurückgelassen."

Kira musste bei dieser Vorstellung einen Freudenschrei unterdrücken. In gebückter Haltung schlich sie an der mächtigen Mauer entlang und streckte zögernd die Hand aus.

„Ich spüre nichts, mach schon“, drängte Sergé sie. Dann schlossen sich ihre Finger um die Klinke und die Pforte ließ sich problemlos öffnen.

„Glück muss die Hexe haben“, flüsterte Kira mit einem breiten Grinsen auf dem Gesicht. Beinahe lautlos huschte sie hinaus, schloss die Tür und holte erst einmal tief Luft.

„Wir sind noch lange nicht in Sicherheit. Aufatmen kannst du später“, mahnte Sergé sie, der sich unter ihrem langen Haar zum Internat umgedreht hatte. Die Fenster waren auch weiterhin dunkel, sodass die Schule nicht mehr als einen undeutlichen Schatten in der Dunkelheit bildete.

„Sei nicht so pessimistisch, das Schwierigste haben wir hinter uns.“

„Wenn wir nicht im nächsten Moment in eine Falle tappen, meinst du.“ Sergé fand es äußerst verdächtig, dass sie durch eine unbekannte Hexe hinausgelangen konnten.

„Solche Zufälle gibt es nicht!“

Doch Kira sah das ganz anders. Ihr Vertrauter machte sich eindeutig zu viele, unnötige Gedanken.

„Sieh es nicht als Zufall, sondern Fügung des Schicksals. Vielleicht geht es dir dann besser.“ Mit diesen Worten setzte sie sich in Bewegung und schlich auf den nahegelegenen Wald zu. Sie sollten besser eine möglichst große Strecke bis zum Morgen zurückgelegt haben. Andernfalls wäre die Gefahr von einem Suchtrupp entdeckt zu werden zu groß.

„Wir hätten uns doch mehr Gedanken um das Danach machen sollen“, beschwerte Sergé sich, als Kira unbeholfen durchs Unterholz stiefelte.

Andauernd musste sie Ästen ausweichen, die sie nicht sah. Der kleine Feuersalamander war da auch keine große Hilfe mehr. Am laufenden Band rief er ihr Warnungen zu, die sie zu spät umsetzte. Ihr Gesicht brannte und ihre Hände schmerzten. Außerdem war sie bereits mehrmals umgeknickt, doch sie kämpfte sich tapfer weiter.

„Du brauchst dich doch nun wirklich nicht zu beschweren. Immerhin bin ich die Leidtragende."

„Aber wenn du dich hier vollkommen verläufst und wir am Ende verhungern, dann habe auch ich zu leiden."

„Pah, dich kleines Wesen werden die vielen Insekten hier schon am Leben erhalten."

„Vorsicht!", warnte Sergé sie noch, doch da war Kira bereits mitten in ein monströses Spinnennetz hineingelaufen.

„Du meinst wie diese fette Spinne, die gerade über deine Haare läuft?"

„Waaahhh!" Panisch schüttelte Kira den Kopf und versuchte die Spinne loszuwerden, die gar nicht da war. Bei diesem wilden Gefuchtel verlor der kleine Salamander den Halt und flog in weitem Bogen gegen einen Baumstamm.

„Bist du von allen bösen Geistern verhext? Das hat wehgetan!", beschwerte er sich lautstark, nachdem er sich wieder aufgerappelt hatte.

„Dann mach mir nicht eine solche Angst", fuhr Kira ihn an. „Ab hier kannst du laufen."

„Dann kannst du ab hier sehen, wie du alleine zurechtkommst!", fauchte Sergé und ließ seinen Körper in einem unheimlichen Licht leuchten. Das Muster auf der glatten schwarzen Haut des Feuersalamanders war nicht von der üblichen gelben oder orangenen Farbe, sondern feuerrot. In Punkten, Rechtecken und seltsamen Linien verliefen diese Kleckse über seinen gesamten Körper. Manchmal bildete Kira sich ein, dass sie einen Schriftzug oder ein Zeichen bildeten.

Doch wenn sie genauer hinsah, konnte sie es nicht mehr erkennen. Dennoch hatte sie den Eindruck, dass die roten Musterungen regelmäßig Position und Form veränderten. Als sie Sergé irgendwann mal darauf angesprochen hatte, war seine Antwort recht knapp ausgefallen. Er möge es nicht langweilig und irgendetwas Geheimnisvolles bräuchte schließlich jeder Vertraute. Zusammen mit einem Schulterzucken und dem Blick aus halb gesenkten Lidern hatte er sie davon abgehalten, näher nachzufragen. Irgendwie hatte sie den Eindruck gehabt, dass noch mehr dahinter steckte, es aber noch nicht der Zeitpunkt war, um dies zu erfahren. Sergé hatte also auch seine Geheimnisse.

Das hatte Kira richtiggehend gewurmt, obwohl sie viel mehr vor ihm verbarg, als er es vor ihr je könnte. Diese Erkenntnis hatte ihr ein wenig Verständnis für ihn eingebracht, aber geärgert hatte es sie trotzdem, dass er ihr als Vertrauter nicht alles anvertraute. Doch sie kannte Sergé.

Es hätte keinen Sinn gehabt, darauf zu bestehen, dass er es ihr erzählte. Alles, was es ihr gebracht hätte, wäre eine heftige Demütigung und eine amüsante Vorführung für den Feuersalamander auf ihre Kosten gewesen. Darauf hatte sie jedoch gut verzichten können. Mit einer ähnlich gespielten Gleichgültigkeit wandte sie sich auch jetzt von ihm ab.

Als sie jedoch in die Dunkelheit starrte, überkam sie Unsicherheit. Es war wirklich mehr, als nur schwer zu erkennen, wohin man laufen musste. Sie zögerte noch kurz, dann stieß sie einen tiefen Seufzer aus.

„Also gut, ich bin müde, mir tut alles weh, ich will gar nicht wissen, wie ich gerade aussehe und wir sind bestimmt weit genug gekommen. Also lass uns hier übernachten und morgen bei Tageslicht weitergehen."

„Ach, auf einmal? Planänderung also?" Sergé warf ihr einen missbilligenden Blick zu. Ihm tat inzwischen auch alles weh, was ja kein Wunder war, wenn man gegen einen Baumstamm geschleudert wurde.

„Ja, Planänderung. Der Vorteil, wenn man nicht zu viel plant, ist, dass man sich problemlos den Gegebenheiten anpassen kann", erwiderte Kira und ließ ihren gewaltigen Rucksack von den Schultern gleiten. Der Schlafsack landete gleich daneben.

Blind tastete sie den Boden ab und schob große und kleine Äste zur Seite. Als die Erde von spitzen Gegenständen freigeräumt war, breitete sie ihren Schlafsack aus und kroch wortlos hinein. Es war mehr als nur unbequem, wahrscheinlich würde sie nicht wirklich zur Ruhe kommen, um schlafen zu können. Aber immer noch besser als weiterhin durch diesen gruseligen Wald zu wandern. Am Ende würde sie noch im Kreis laufen und wieder beim Internat herauskommen. Das fehlte gerade noch!

Kira hatte sich in ihrem Schlafsack zu einer Kugel zusammengerollt, weil die Kälte des Bodens langsam bis in ihre Glieder kroch. Es war unangenehm. Dazu kam noch, dass sie die Geräusche um sich herum viel zu deutlich wahrnahm, jetzt wo sie die Stille nicht mehr mit ihren Schritten füllte.

Kiras Atem stockte regelmäßig, weil sie genauer auf ein verdächtiges Geräusch horchte. Als plötzlich auch noch eine Eule schrie, zuckte sie fürchterlich zusammen. Eventuell war es doch keine so gute Idee gewesen, sich zum Schlafen hinzulegen.

Aber sie würde sich bestimmt nicht die Blöße geben und aufstehen, um Sergé den Vorschlag zu unterbreiten, doch weiterzugehen. Also blieb sie liegen und begann irgendwann leicht zu zittern. Ihre Füße fühlten sich inzwischen an wie Eisklumpen. Ihre Zehen schmerzten, als sie sie krümmte. So würde sie nie einschlafen können.

„Ganz ruhig. Es ist alles in Ordnung. Ich passe auf dich auf, du kannst schlafen." Sergés beruhigende Stimme schwebte durch den Wald. Er hatte sich von außen an ihren Rücken gekuschelt und strahlte eine angenehme Wärme aus, die bis in ihre ausgefrorenen Füße wanderte. Kiras Muskeln entspannten sich und sie musste einen wohligen Seufzer unterdrücken.

„Ich schlafe bereits", antwortete sie, um nicht erkennen zu lassen, wie dankbar sie ihm war. Doch er durchschaute ihr Schauspiel mühelos.

„Gern geschehen."

Beinahe wäre ihr herausgerutscht, dass es ja schließlich auch seine Aufgabe als ihr Vertrauter war, ihr dienlich zu sein. Doch zum Glück beließ sie es dabei. Wer wusste schon, wie Sergé reagierte, wenn sie so herablassend auf seine freundliche Geste antwortete. Das hatte nicht einmal er verdient.

Und so kuschelte sie sich nur ein kleines Stück tiefer in ihren Schlafsack, atmete noch einmal tief durch und schlief innerhalb der nächsten Minuten ein.

Kapitel 6

In Gefahr

Als Kira die Augen öffnete, war sie vollkommen orientierungslos. Sie wusste nicht, wo sie war. Seltsame, fremdartige Geräusche hüllten sie ein und ließen sich nicht einordnen. Einzig und allein der warme Körper in ihrem Rücken gab ihr die nötige Sicherheit, um nicht sogleich in Panik zu geraten. Stattdessen nahm sie sich die nötige Zeit, um langsam richtig wach zu werden, und ließ die vergangenen Tage Revue passieren.

Sie war geflohen, weil sie befürchtete, dass die Hexen im Internat leichtes Spiel haben würden, sie zu fangen. Einfach, weil sie wussten, wo sie sich befand. Doch dort hätten die anderen sie vielleicht beschützt? Als Kira allerdings an die kalten eisblauen Augen dachte, glaubte sie nicht mehr daran. Sie hatte nie wirklich dazugehört, war viel früher als andere ins Internat gekommen und stets eine Außenseiterin gewesen. Hätte sie nicht diese unkontrollierten Wutausbrüche gehabt, dann hätte sie mit der Zeit vielleicht Freunde finden können, doch so war sie behandelt worden wie ein schief gegangener Zauber, der einem jederzeit um die Ohren fliegen konnte.

Die fünf Hexen hingegen brauchten sie. Es war das erste Mal seit so vielen Jahren, dass jemand sie brauchte. Und dennoch hatte sich da dieses warnende Stimmchen in ihrem Kopf gemeldet, dass sie sich keinesfalls darauf einlassen sollte. Es war gefährlich. Und zumal, was hätte sie davon?

Sie hatte für das Jugendelixier keine Verwendung,

sie brauchte es nicht. Doch die anderen begehrten es geradezu. Ihr fielen wieder diese durchdringenden, kalten Augen ein. Die Hexe hatte rabenschwarze, lange Haare gehabt. Sie hätte hübsch sein können, sogar wunderschön, wenn da nicht dieser tote Ausdruck in ihren Augen gewesen wäre. Zudem hatte alles an ihr irgendwie leblos, geradezu freudlos gewirkt. Dem Haar hatte der Glanz gefehlt, die Haut hatte irgendwie wächsern ausgesehen und insgesamt hatte sie einen mehr als gruseligen Eindruck bei Kira hinterlassen. Dazu kam noch die seltsam kratzige Stimme, mit der sie gesprochen hatte.

Eine Gänsehaut kroch ihre Arme empor und erst jetzt realisierte sie, dass sie zusammengekauert in einem Schlafsack lag.

Doch bevor sich ihre Gedanken weiter mit der Gegenwart befassen konnten, drifteten sie schon wieder zu dieser seltsamen Begegnung zurück. Ganz ehrlich, wenn Kira jemanden zu etwas hätte überreden wollen, dann hätte sie nicht diese Frau geschickt. Wobei, wer wusste schon, wie die anderen aussahen? Wenn sie dieses Jugendelixier so dringend brauchten, dann würden sie auch schon dementsprechend alt sein, oder?

Zum ersten Mal ging Kira tief in sich und versuchte, eine wirklich ehrliche Antwort auf die Frage zu finden, ob sie an diesem Jugendelixier tatsächlich so gar kein Interesse hatte, wie sie der Fremden gegenüber behauptet hatte.

Hatte sie Angst vor dem älter werden und dem Sterben, so wie sie glaubte, es in den schwarzen Augen gesehen zu haben? Die Frage war einfach zu beantworten. Nein.

Aber wahrscheinlich war sie auch noch zu jung, um sich davor zu fürchten. Sie stand noch an der

Startlinie, während die fünf Hexen bereits die Ziellinie vor Augen hatten.

Sie hatte ihr Leben noch vor sich. Ja, das hatte sie. Doch was erwartete einen da? Sie war von Hexen umgeben, die ihr alle nicht wichtig waren. Ob sie da waren oder nicht, kümmerte Kira kein bisschen. Sie bedeuteten ihr nicht das Geringste.

Gerade mal Sergé brauchte sie in ihrer Nähe. Allerdings erschien es ihr wenig reizvoll länger als ein normales Leben nur mit dem Feuersalamander an ihrer Seite zu verbringen.

Ein scharfer Schmerz fuhr ihr in die Brust, als Kira zum ersten Mal, dafür aber in aller Deutlichkeit bewusst wurde, dass sie niemanden hatte, für den es sich tatsächlich lohnte zu leben. Andersherum verhielt es sich ähnlich. Niemand würde ihr nachtrauern, wenn sie starb. Wahrscheinlich machten die Hexen im Internat sich nicht einmal die Mühe, sie zu suchen, sollte ihr Verschwinden irgendjemandem auffallen. Diese Erkenntnis schmeckte bitter.

Um sich von den unangenehmen Gefühlen abzulenken, setzte sie sich langsam auf. Feine Lichtstrahlen fielen durch das dichte Blätterdach über ihr auf den zerwühlten Boden. Sie hatte gestern im Dunkeln ein ziemliches Chaos angerichtet. Aber hier würde es niemanden stören.

Wütend befreite sie sich mühselig aus ihrem Schlafsack und zerzauste sich das Haar, bis es genauso wüst aussah wie ihre Umgebung. Diese ganzen Gedanken sollten ihren Kopf verlassen, darin war ohnehin nur so wenig Platz!

„Was soll diese Unruhe schon am frühen Morgen?" Sergé wühlte sich unter dem Schlafsack hervor, den Kira ihm versehentlich übergeworfen haben musste.

„Nichts. Wir müssen weiter", antwortete sie kurz

angebunden.

Der kleine Feuersalamander gähnte ausgiebig und Kira konnte nicht anders, als ihn süß zu finden. Er hatte zwar ein freches Mundwerk, aber er war immer für sie da, ließ sich von ihrer ruppigen Art nicht abschrecken und sie mochte ihn. Trotzdem konnte dieser kurze Funke der Zuneigung nicht verhindern, dass sie sogleich wieder an all die restliche Einsamkeit dachte, die sie neben Sergé erwartete. Außer ihm hatte sie niemanden, doch er war „nur" ein Vertrauter. Sie sollte ihr Herz nicht zu sehr an ihn hängen.

Kopfschüttelnd rollte sie ihren Schlafsack zusammen und machte sich daran, ihn einigermaßen ordnungsgemäß zu verpacken, dabei pflückte sie mehrere Blätter, kleine Äste und viel Dreck von seiner Unterseite herunter.

„Kam dir über Nacht eine Eingebung, wie es nun weitergehen soll?" Sergé blickte sie mit schief gelegtem Kopf an. Er konnte nicht ahnen, welche Gefühlswelle diese schlichte Frage über Kira hereinbrechen ließ. Deswegen reagierte er verständlicherweise ziemlich verstört, als sie ihn rüde anfuhr.

„Nein, verdammt!" Mehr sagte sie dazu nicht, erhob sich, schulterte ihren Rucksack und nahm den Schlafsack in die Hand, dann stapfte sie planlos weiter in den Wald hinein.

„Meine Güte, die hat ja eine Laune", murrte Sergé hinter ihr.

Kira tat so, als ob sie ihn nicht hören würde. Ein wenig tat ihr der Ausbruch leid. Jedoch nicht so sehr, um anzuhalten und Sergé versöhnlich auf ihre Schulter einzuladen. Also musste der kleine Feuersalamander sich mühsam durch das dichte

Unterholz kämpfen.

Irgendwann wurde Kira schließlich langsamer, sodass er endlich zu ihr aufschließen konnte. Er hatte sie mit unnötigen Fragen in Ruhe gelassen, auf die sie ohnehin nur gereizt reagiert hätte, sie schuldete ihm etwas. Doch ihr Vertrauter wieselte nur ungeschickt an ihr vorbei und schien den Fußmarsch zu bevorzugen. Sie hatten ihn also tatsächlich verletzt. Schuldbewusst kaute Kira auf ihrer Unterlippe herum. Es lag ihr nicht, sich bei anderen zu entschuldigen. Überhaupt einzusehen, dass sie sich falsch verhalten hatte, war nicht ihre Stärke.

Deswegen holte sie einfach nur zu ihm auf und ging dann in seinem Tempo schweigend neben ihm her. Eventuell erkannte er ja dadurch, dass es ihr leidtat?

Es brauchte den gesamten Wald, bis sie anhielten und endlich wieder miteinander redeten. Vor den beiden lag eine freie Fläche, die sich weit über das Land erstreckte. Nichts als saftiges Gras schien auf den kommenden Kilometern zu wachsen.

„Lass uns eine Pause machen und etwas essen", schlug Kira vor. Ihre Füße schmerzten, vor allem die lädierten Fußgelenke und all die kleinen Verletzungen, die sie sich vergangene Nacht bei ihrem halbblinden Marsch durch den Wald zugezogen hatte, brannten. Der Schweiß war in die noch halb offenen Wunden gelaufen und sie hätte nichts lieber getan, als sich kaltes Wasser ins Gesicht zu spritzen.

Die gefüllten Wasserflaschen benötigte sie jedoch zum Trinken. Wenn sie in Sachen Wassermagie besser gewesen wäre, hätte sie eventuell ein wenig aus ihrer Umgebung ziehen können. Doch dazu waren nur die mächtigsten Hexen fähig und da sie nicht einmal gut im Kontrollieren von vorhandenem Wasser war, wollte sie es gar nicht erst versuchen. Dieses Element lag ihr einfach nicht, das hatte sie schon früh erkannt, dennoch hatte Kira nichts unversucht gelassen, um sich zu verbessern.

Es gab eine Zeit, da war sie wie besessen gewesen alle Elemente zu beherrschen. Sobald Sergé an ihrer Seite gewesen war und als ihr Vertrauter ihre magischen Fähigkeiten stärken sollte, hatte sie wie verrückt geübt. Je mehr Magie sie um sich versammelte und je größer ihre magischen Kräfte werden würden, desto sicherer wäre sie. Der vierte Ausbruch ihrer Gefühle und magischen Fähigkeiten hatte sie geängstigt und den Plan in ihr entstehen lassen, so gut zu werden, dass so etwas nie wieder vorkommen würde. Kira hatte diesen Plan noch nicht ganz aufgegeben.

Inzwischen hatte sich jedoch die Erkenntnis in ihren Kopf geschlichen, dass sie für gewisse Elemente einfach kein Talent hatte. Sergé hatte ihr das einmal in aller Deutlichkeit klargemacht, als sie ihn (zum wiederholten Male) mit jeder Menge Wasser übergossen hatte. Ihm war der Geduldsfaden gerissen und von da an, hatte Kira ihre Trainingsstunden in Sachen Wasserelement alleine durchführen müssen.

Statt sich also mit Wasser abzukühlen, ließ sie die Luft um ihr Gesicht ein wenig wirbeln. So kleine Manipulationen waren leicht und der kühle Wind tat gut.

Das weiche Gras war ebenfalls sehr einladend und Kira beschloss für die kurze Pause ihre Schuhe ausziehen und ihren Füßen ebenfalls ein wenig frische Luft zu gönnen. Sie seufzte genießerisch, als sie die Beine ausstreckte.

„Das tut gut. Ich hätte nie gedacht, dass spazieren gehen so anstrengend sein kann."

„Meine Rede. Ich habe immer gesagt, dass du zu wenig Sport treibst. Eure Schule ist viel zu sehr auf die geistige Fitness ausgelegt, doch ein gesunder Geist …"

„Wohnt in einem gesunden Körper", beendete Kira Sergés Ansprache, die sie bereits viele Male gehört hatte. Leider musste sie in diesem Moment erkennen, dass ihr Vertrauter - wieder einmal - gar nicht so falsch gelegen hatte. Dabei trieb sie mit ihrem täglichen Treppenstufenmarathon bereits mehr Sport als jeder andere im Internat.

„Woher hätte ich denn wissen können, dass ich eines Tages einen solchen Gewaltmarsch machen muss?", beschwerte Kira sich in alter Gewohnheit.

„Darum geht es gar nicht. Ich bin mir sicher, dass dir einige Zauber leichter fallen würden, wenn du wenigstens ein wenig Sport betreiben würdest. Schwimmen zum Beispiel brächte dir das Wasser näher. Eine gute Kletterpartie würde dir mehr Verständnis für die Beschaffenheit der Erde einbringen und auch wenn du nicht gleich in die Lüfte abheben musst, wäre beispielsweise Drachensteigen eine gute Alternative."

Sergé sagte das wie immer mit ruhiger Stimme und einer Selbstverständlichkeit, als ob er all dieses Wissen in einer großen Kiste mit sich herumtragen würde und ganz nach Belieben das Benötigte hervorholte.

„Mhm, mhm." Kira wollte nicht zugeben, dass sie tatsächlich darüber nachdachte und biss lieber in den angehauenen Apfel, den sie aus ihrem Rucksack gezogen hatte. Dabei erkannte sie jetzt den tieferen Sinn in Sergés Worten. Wo sie hier saß und den Wind Wind sein ließ, öffnete sich ihr eine Welt, von der sie vorher nicht gewusst hatte, dass es sie gab. Ihr ganzes Leben hatte sie im Inneren des Internats verbracht.

Dort, wo jede Form eines Elementes beeinflusst wurde. Den Willen einer Hexe auferlegt, hatten sie die Beschaffenheit nie wirklich in ihrer natürlichen Form erleben können.

Dabei wäre das mit Sicherheit hilfreich gewesen. Der Wind und die Luft fühlten sich ganz anders an, als sie dieses Element bisher erlebt hatte. So frisch und frei brachte es eine Leichtigkeit, aber auch Kraft mit sich, die sie in ihren bisherigen Zaubern nie berücksichtigt hatte.

Als sie dieses Mal die Hand ausstreckte, ließ sie sich von dem Wehen inspirieren, das ihre langen braunen Haare umherwirbelte. Kira bewegte ihr Handgelenk in einer leichten Drehung, die zugleich sanft, wie auch stark war. Ein kleiner Wirbel entstand, den sie hoch in die Lüfte steigen ließ, bevor er sich wieder auflöste.

„Interessant“, stellte Kira fest, während ihr Blick in den Himmel ging und sie geistesabwesend ihren Apfel kaute.

„Aber es ist ja so schwer, gute Ratschläge anzunehmen“, murmelte Sergé. Bei Kira regte sich ein Mundwinkel, doch sie konnte den Blick nicht von den Weiten des Himmels abwenden. Hier draußen war sie endlich frei und sie hatte das Gefühl, als ob ihr die ganze Welt zu Füßen läge.

„Eigentlich will ich gar nicht mehr hier weg.“ Kira lag inzwischen ausgestreckt im Gras, lauschte dem Wind, spürte das Kitzeln der Grashalme und fühlte sich seit Jahren endlich einmal wieder vollkommen entspannt. Es war, als wäre eine innere Last von ihr abgefallen. Wenn sie genau zuhörte, dann konnte sie die Welt spüren. Sie kroch in unterschiedlichen Temperaturen über ihre Haut und Kira wusste, wenn sie es zuließe, dann könnte sie Bäume ausreißen. Aber dafür war gerade nicht der rechte Moment, viel lieber lag sie weiterhin entspannt im Gras, ohne Zeitdruck, ohne Eile, ohne Angst.

Bei diesen Gedanken schlich sich das Bild eines fein geschliffenen Flakons in ihren Geist. Er war von einer rosanen Farbe und wurde von einer kristallförmigen Glasbildung verschlossen. So ungefähr sah das Jugendelixier in ihren Gedanken aus. Es war etwas Wunderschönes, zugleich zerbrechlich und unwirklich.

Dunkle Wolken überzogen den hellblauen Himmel und verdeckten die Sonne. Das Licht verlor seinen Glanz und mit einem Mal wirkte die Welt wieder so erdrückend, wie sie auch schon früher für Kira gewesen war. Trist und traurig, ohne helle Momente, ohne Freude.

Wieso sträubte sie sich eigentlich dagegen, den fünf Hexen bei diesem Elixier zu helfen? Sie kannte die Hexen nicht, wusste nicht, ob sie eventuell einen guten Grund hatten, für diese Sache. Bisher hatte ihr niemand etwas getan, sie hatte von sich aus die Flucht ergriffen, ohne zuvor bedroht worden zu sein.

Vielleicht hatten sie ja jemanden oder etwas, für den oder das es sich lohnte, weiterzuleben. Wer war sie schon, dass sie es ihnen verwehren durfte?

Bisher hatte Kira aufgrund ihrer ersten Begegnung angenommen, dass diese Hexen böse und alt waren, besessen von der Angst älter zu werden und zu sterben. Doch nur weil sie niemanden hatte, für den sich ein längeres Leben lohnte, hieß das ja nicht, dass es jedem so ging.

„Was ist?", wollte Sergé wissen, als ob er ihren plötzlichen Stimmungswechsel bemerkt hätte.

„Nichts, wir sollten uns langsam wieder auf den Weg machen." Kira zwängte ihre Füße wieder in die Schuhe und erhob sich. Widerwillig schnappte sie sich ihre Sachen. Zu lange an einem Ort zu verweilen war gefährlich, obwohl sie viel dafür gegeben hätte, wenn es anders gewesen wäre …

Kapitel 7

Gjina

„Möchtest du wieder selber gehen?", fragte Kira ihren Vertrauten, bevor sie losstiefelte. Sergé war bezüglich dieser Frage offensichtlich irritiert. Überrascht zog er die Augenbrauen hoch, die bei ihm durch zwei feine rote Striche gekennzeichnet waren. Kira zuckte mit den Schultern.

„Was denn?"

„Du schleuderst mich nicht wieder gegen einen Baum?" Sie verdrehte die Augen.

„Wir gehen dort entlang. Siehst du da vielleicht irgendwo Bäume? Jetzt stell dich nicht so an und komm." Sie hätte sich für das Geschehene entschuldigen können, schließlich war es keine Absicht gewesen. Doch sie verzichtete darauf und war lediglich bereit seine Antwort abzuwarten.

Er schwieg noch einige Sekunden, bevor er antwortete: „Das hohe Gras ist recht mühselig zu durchqueren, weswegen ich den Platz auf deiner Schulter bevorzugen würde."

Es war ihm anzusehen, wie widerstrebend er diese Worte herausbrachte, doch die Wiese erstreckte sich scheinbar bis ins Unendliche. Hier am Rande des Waldes war das Gras kürzer, doch zwischenzeitlich würde es Kira bis zu den Knien reichen. Die kleine Eidechse würde hoffnungslos die Orientierung verlieren, sollte sie sich überhaupt einen Weg bahnen können.

„Wie du möchtest."

Kira ging ein Stück in die Knie, sodass Sergé problemlos ihren Arm bis zur Schulter hinaufklettern konnte. Dort angelangt bohrte er missbilligend seine spitzen Krallen in ihre Lederjacke, doch das spürte sie nicht.

„Dann lass uns mal weitergehen."

Der Feuersalamander sagte nichts. Kira ignorierte sein Schweigen. Sie war es gewohnt, dass er zu schmollen begann, sobald ihm etwas nicht passte. Ihr war klar, dass er enttäuscht war, nicht einmal eine schlichte Entschuldigung bekommen zu haben, doch da musste er durch.

Kira ließ sich genüsslich den Wind durch die Haare fegen, der auch die Wolken zur Seite wehte, und genoss das Kitzeln der Sonnenstrahlen auf ihrem Gesicht. Sie hatte entschieden sich, solange sie die Ruhe genießen konnte, keine Gedanken und Sorgen mehr zu machen. Weder über das Ziel, das Essen, ihre Verfolger oder die Zukunft im Allgemeinen. Es tat gut, einmal nur im Hier und Jetzt zu leben und alles andere weit von sich schieben zu können. Die Distanz half und je weiter sie ihre Füße trugen, desto mehr ihrer Probleme ließ sie hinter sich.

Bis der Weg steiniger wurde und ihre Probleme sie im Nu wieder eingeholt hatten. Und das in Form einer seltsamen Gestalt, die hinter einem gut drei Meter großen Felsen hervortrat und ihr den Weg versperrte.

Ein dunkelblauer Umhang umhüllte die kleine Person. Mit einer blassen Hand wurde die Kapuze vom Kopf geschoben und enthüllte kurzes, leuchtend rotes Haar, so wie ein herzförmiges Gesicht. In dieser Gegend wäre es nicht verwunderlich, wenn es sich bei der Frau um eine Hexe handelte und Kira hielt es für eine gute Idee, nach dem Weg zum nächsten Dorf zu fragen. Und so schritt sie freudig auf die ihr entgegen blickende Frau zu. Diese lächelte bei ihrem Anblick, doch je näher Kira ihr kam, desto unruhiger wurde

Sergé.

„Was ist denn los?“, zischte Kira, als er ganz zappelig unter ihrem Haar wurde.

„Irgendetwas stimmt da nicht, ich habe ein ganz ungutes Gefühl.“ Kira blieb augenblicklich stehen. Wenn ihr Vertrauter ein ungutes Gefühl hatte, dann sollte sie wohl besser darauf hören, oder? Bevor sie sich jedoch dazu entscheiden konnte, lieber wegzulaufen, hatte die Fremde bereits die geringe Distanz zwischen ihnen überwunden und stand nun direkt vor Kira.

„Hallo, mein Name ist Gjina.“ Auffordernd reichte sie ihr die Hand. Irritiert von dieser Einführung und vollkommen überrumpelt von der offenen Freundlichkeit, schüttelte Kira sie ganz automatisch.

Die Frau war untersetzt und hatte bereits die ersten Falten im Gesicht und viele, kleine Sommersprossen. Eigentlich wäre sie hübsch gewesen, doch die kalten grünen Augen machten einen so leblosen Eindruck, als ob dies alles nur eine Hülle wäre. Diese Augen hatten einen ihr bekannten Ausdruck. Was hatte das zu bedeuten?

„Ich … Hallo.“ Am liebsten hätte Kira Sergé einen Hilfe suchenden Blick zugeworfen, doch er hatte sich hinter ihrem Rücken verkrochen und kauerte festgekrallt an ihrem Rucksack. Sie wusste nicht, was sie von all dem halten sollte und langsam beschlich auch sie ein ungutes Gefühl.

„Schön, Sie kennen gelernt zu haben, Gjina. Aber ich habe es eilig. Einen schönen Tag noch“, versuchte Kira sich an einem schnellen Abgang. Es war natürlich vorherzusehen gewesen, dass das nicht so einfach werden würde.

„Oh, ich werde dich ein Stück auf deinem Weg begleiten.“

Tolle Sache, wirklich!, dachte Kira wenig begeistert, nickte jedoch. Nebeneinander gingen sie also einen kleinen Weg entlang, der die ewigen Wiesen ablöste. Kira wartete darauf, dass diese Gjina ihr sagte, was sie von ihr wollte und schwieg abwartend. Es brauchte etliche Meter Fußmarsch, bis die Hexe neben ihr endlich das Wort ergriff.

„Du weißt, worum ich dich bitten will?"

„Wenn es etwas mit dem Jugendelixier zu tun hat, spar dir die Worte", entgegnete Kira kurz angebunden. Sollte die Hexe nicht zu den fünf gehören, würde sie ihre Worte nicht verstehen und wenn doch, dann war sie ziemlich am … Allerwertesten.

„Du glaubst also, bereits alles zu wissen?", entgegnete Gjina, anstatt auf ihre abweisende Art einzugehen. Die obendrein auch noch wenig respektvoll gewesen war.

„Nein, ganz im Gegenteil. Ich weiß gar nichts. Aber das will ich auch gar nicht. Ich will nichts damit zu tun haben." Kira warf ihrer Begleiterin einen funkelnden Blick zu. Sie würde mehr brauchen, um sie zu überzeugen. Die Hexe blieb stehen und nach kurzem Zögern tat Kira es ihr gleich, hörte allerdings das missbilligende Zischen von Sergé. Ihm wäre es wahrscheinlich lieber gewesen, wenn sie die Gelegenheit ergriffen und sich davongemacht hätte. Doch mit dieser Reaktion gerade hatte Gjina sie neugierig gemacht.

„Du kannst mir nicht weiß machen, dass du kein Interesse daran hast, mehr zu erfahren." Die merkwürdig glasig grünen Augen blickten sie überrascht an. Diese ehrlichen Gefühle brachten Kira dazu, sich auf das Gespräch einzulassen. Ehrlichkeit war etwas, was sie in den letzten Jahren zu schätzen gelernt hatte.

„Wissen ist Macht, oder was? Den Spruch kannst du dir schenken", fuhr Kira sie an. Sie wollte zumindest den äußeren Anschein wahren, dass sie nicht interessiert war.

„Wer nur Wissen hortet, es aber nicht einzusetzen wagt, ist nicht weniger als ein Narr." Mit diesem Argument hatte Kira nicht gerechnet und blickte Gjina neugierig an. „Wir Hexen haben das Wissen, wir haben die Macht, doch wir setzen sie nicht ein. Doch wir fünf werden unser Wissen nutzen und den Schritt wagen."

Sergé hatte sich an ihrem Rücken nach oben geschoben und zog nun an ihren Haaren. Das sollte wohl eine Art Warnung sein, sich nicht darauf einzulassen, Kira aber war neugierig geworden. So eine feurige Ansprache hatte sie nicht erwartet.

„Das klingt ziemlich dramatisch."

„Es ist ein großes Unterfangen."

„Aha?" Fragend legte Kira den Kopf schief. Wieso machten diese Hexen solch einen Wirbel um diese Sache? Ihr war schon klar, dass dieser spezielle Zauber am dreiunddreißigsten Geburtstag etwas Besonderes war, da steckte mit Sicherheit aber noch mehr dahinter oder nicht? Warum sonst durfte man nicht über das Jugendelixier sprechen?

„Warum machen alle solch ein Geheimnis um dieses Jugendelixier? Was ist das Besondere daran? Oder besser gesagt, was ist das Böse, wo der Haken? Wenn es nicht einen gäbe, dann würde dieses Thema nicht totgeschwiegen werden und es wäre nicht solch ein großer Schritt, den zu gehen nur ihr bereit seid." Neugierig, jedoch mit misstrauisch verengten Augen sah sie die Hexe an. Auf die Antwort war sie wirklich gespannt. Ein erwartungsvolles Kribbeln machte sich in ihrem Inneren breit. Sergé drängte immer noch darauf, dass sie sich in Acht nahm. Das zeigte er deutlich, indem er mit seinen Krallen über ihren Nacken fuhr, um ihre Aufmerksamkeit zu bekommen.

Kira allerdings ignorierte ihn ganz bewusst. Sie wollte lieber die Gelegenheit nutzen und mehr erfahren.

„Ich werde dir all deine Fragen beantworten, wenn du mit mir kommst, Kira.“ Gjina streckte die Hand aus. Kira blickte von dieser hinauf in das herzförmige Gesicht. Sie wirkte überhaupt nicht gruselig, doch ihren Augen fehlte noch immer der Glanz. Sie spiegelten das Lächeln auf den Lippen nicht wider, konnten es nicht.

„Wieso seid ihr euch so sicher, dass ich die Trägerin des Geistelements bin, die ihr so dringend benötigt?“, fragte sie misstrauisch. Wenn sie es wider Erwarten nicht wäre, würde sie sich als nutzlos erweisen und wer wusste schon, was diese Hexen dann mit ihr tun würden?

„Es gibt eine Möglichkeit das herauszufinden. Komm.“ Gjina bewegte auffordernd die Finger der ausgestreckten Hand. Wollte sie locken. Wie eine dieser merkwürdigen Pflanzen, die mit ihren süßen Versuchungen Insekten ins Verderben führten.

Kira kam das Ganze sehr suspekt vor. Wieso gab sie ihr keinerlei richtige Informationen?

Ob nun hier oder anderswo war doch vollkommen egal! Sie würde sich jedenfalls nicht unwissend in die Hände dieser Hexen begeben.

„Wieso sollte ich dir, euch vertrauen?“ Als Zeichen ihres Zweifels verschränkte Kira die Arme demonstrativ vor der Brust.

„Du kannst uns vertrauen.“

Pah! Alles nur leere Phrasen. Sie rückt einfach nicht mit den wirklich wichtigen Dingen heraus.

„Wieso bist du hier? Ihr könntet mich doch mit Sicherheit auch einfach einfangen und mein Mitwirken erzwingen?"

Sergé zischte warnend, sie sollte ihr Gegenüber nicht auf dumme Gedanken bringen.

„Wenn du mit mir kommst, werden wir dir als Gegenzug die Macht des Geistelementes, welche in dir schlummert, zur Verfügung stellen."

Macht! Ja, klar. Das, wonach alle Welt strebt. Schon wieder. *Falsche Antwort, meine Liebe!*

„Macht ist nicht alles auf dieser Welt. Frei zu sein und leben zu können, so wie man es will, bedeutet viel mehr ‚Macht'." Nämlich die, sein Leben selbst bestimmen zu können. Das war alles, was sie sich wünschte. Frei von Ängsten, Hass und Einsamkeit. Keine Sorgen mehr, nichts befürchten. Einfach treiben lassen und das Leben endlich in vollen Zügen genießen.

Kira wandte sich ab, das könnten ihr diese Hexen nicht geben. Wozu also weiter Zeit mit ihren Angeboten verschwenden? Sie besaßen nicht das, was sie tief in ihrem Herzen begehrte, konnten es ihr nicht einmal versprechen.

„Kira, Achtung!" Sergés Warnung kam gerade noch rechtzeitig.

Kira machte einen gewaltigen Satz zur Seite und rollte sich ein wenig ungeschickt über ihren Rucksack ab. Der Schlafsack schlug ihr dabei ins Gesicht, doch zum Glück war er weich gepolstert.

„Jetzt versucht sie es mit Gewalt", warnte Sergé, der sich gut festgekrallt hatte.

Gjina war in die Hocke gegangen und im selben Moment war die Erde ins Beben gekommen und hatte sich um Kiras Füße winden wollen.

„Wenn du nicht bereit bist, freiwillig mit mir zu

kommen, dann bleibt mir keine andere Wahl." Gjina klang bedauernd, doch ihr Angriff war erbarmungslos. Die Erde bildete eine Welle, die Kira wieder näher zu der Hexe brachte.

„Sergé!", schrie Kira. Der kleine Feuersalamander sprang vor und hüllte ihre Gegnerin in eine lodernde Flamme. Die stieß einen spitzen Schrei aus, dann schnappte eine Art Steinsarg um sie herum zu, welche die Flammen erlöschen ließ.

„Du garstiger kleiner Wurm!", kreischte sie, sobald die Steinwände wieder im Boden verschwunden waren. Wütend schlug Gjina Sergé mit einer Steinfaust zur Seite, doch Kira war sofort zur Stelle, um ihn aufzufangen.

„Alles in Ordnung mit dir?", wollte sie wissen, während sie hinter einem mächtigen Felsen in Deckung ging.

„Ich hätte gerne einen härteren Schädel, mein Kopf dröhnt." Kira lächelte, spielte er damit doch wieder auf den Flug gegen den Baumstamm ein. Er wurde allerdings sogleich wieder ernst: „Wir müssen hier weg."

„Ich weiß, aber wie? Erdmagie ist sehr mächtig. Sie wird überall Munition haben", gab Kira zu bedenken.

Gleichzeitig wurde ihr klar, dass die Hexen wahrscheinlich genau aus diesem Grund Gjina geschickte hatten. Außerdem würde sie sie jeder Zeit gefangen nehmen können, ohne sie großartig zu verletzen. Wie zur Bestätigung wuchsen vier Wände um sie herum in die Höhe. Kira sprang auf eines der bereits über dreißig Zentimeter hohen Felsgebilde und setzte darüber hinweg.

„Sie hat keinen Schwachpunkt. Selbst Wasser würde gegen die Härte der Felsgesteine nicht ankommen, außerdem weißt du, dass ich es nicht gut beherrsche."

Sergé brummte zustimmend. „Feuer haben wir gesehen, nutzt auch nicht viel. Metall haben wir schon mal gar nicht zur Verfügung und wegwehen kann ich sie auch nicht."

Die Rubinaugen leuchteten bei ihren Worten hell auf.

„Sie vielleicht nicht, aber uns."

„Was?", keuchte Kira, die mittlerweile dazu übergegangen war in einem schnellen Sprint den Weg entlang zu hasten. Währenddessen musste sie abwechselnd Steinwänden, Löchern, Rissen und mächtigen Felsen ausweichen. Man hätte im Unterricht diese Art von Sport machen sollen, besser als das, was Sergé am Morgen vorgeschlagen hatte.

„Ganz einfach, du musst uns mit Hilfe des Windes in die Lüfte erheben. Beschwöre einen Wirbelsturm."

„Du spinnst!", stieß Kira hervor. In diesem Moment kam sie schlitternd zum Stehen, weil sich vor ihr eine mächtige Wand erhob, die sie unmöglich überwinden konnte.

„Jetzt diskutiere nicht mit mir herum, tu es einfach!", fuhr Sergé sie an. Kira warf einen gequälten Blick auf ihn hinunter.

Sie hielt den kleinen Feuersalamander immer noch in den Armen, in welche ihn Gjina geschleudert hatte.

„Erinnere dich daran, was du auf der Wiese gefühlt hast und nutze dieses Gefühl."

„Das sagst du so einfach!" Kiras Herz hämmerte voller Panik, der Schweiß lief ihr die Stirn hinab und die Angst schnürte ihr die Brust zu. Wie sollte sie da die Kraft und Freiheit des Windes spüren und einsetzen können? Angstvoll sah sie zu Gjina herüber, die ihr mit ruhigen Schritten entgegenkam.

Sie hatte Zeit, Kira saß wie ein Tier in der Falle, denn rechts und links waren laut krachend ebenfalls

Steinwände in den Himmel gewachsen. Sergé hatte Recht, der einzige Weg zu fliehen, war nach oben. Doch würde sie das schaffen?

„Tief durchatmen, du musst es spüren, eins damit werden. Lass dich von dem Wind tragen und zwinge ihn nicht zu etwas, was er nicht will. Er ist frei, genießt dieses Leben und treibt gerne Schabernack. Lass ihm den Spaß und gib ihm einfach nur einen Anlass zu spielen."

Kira hatte die Augen geschlossen und spürte, wie ihre Haare vergnügt durch die Luft wirbelten. Sie streckte die Arme aus und rief den Wind, ihr einen Gefallen zu tun. Wie ein Freund, den sie seit Jahren kannte, eilte er herbei und trug sie hoch hinauf in die Lüfte. Sie öffnete die Augen und spürte die Kraft, die sie durchströmte, jene Kraft, die Bäume entwurzelte, weil nicht einmal das Erdreich gegen ihn ankam. Verblüfft sah sie sich um.

Die junge Hexe war in diesem Moment tatsächlich im Vorteil, in ihrem Alter war es ihr noch möglich, jedes Element in seiner Art zu beeinflussen. Ihr Gegenüber jedoch hatte sich auf eines festgelegt und konnte nicht ausweichen. Und so war Gjina dem Wirbelsturm mehr oder weniger hilflos ausgeliefert.

Der Wind hatte gegen die Steinwände geschlagen, zwar war er nicht so stark gewesen, um auch sie hinwegzufegen, doch in dem Engpass hatte sich in wenigen Augenblicken ein Wirbelsturm gebildet, der sich laut brausend im Kreis drehte.

Die Fußfesseln, die sich die Hexe selbst verpasst hatte, um nicht weggefegt zu werden, konnten nicht verhindern, dass Kira sich von den Lüften getragen in die Weiten des Himmels flüchtete.

Mit einem freudigen Lächeln auf den Lippen wirbelte sie umher und sah es tatsächlich als eine Art Spiel an, das ihr große Freude bereitete. Beinahe wäre sie in ihrer Ausgelassenheit so gedankenlos gewesen, der Rothaarigen frech die Zunge herauszustrecken. Doch das könnte bei einem erneuten Treffen ein böses Nachspiel geben und so unterdrückte sie das Verlangen und wandte sich einfach ab. Nur weg, einfach weg.

Kapitel 8

Auf ein Neues

„Das war wirklich knapp“, keuchte Kira, als sie sich und Sergé weniger sanft zu Boden fallen ließ. Ihre Kräfte reichten nicht mehr aus. Sie brauchte dringend eine Pause.

„Wir benötigen ein Versteck“, stellte Sergé augenblicklich fest und sah sich suchend um. Kira war nicht einmal mehr dazu in der Lage. Ihre Arme zitterten schrecklich, während sie sich darum bemühte, nicht mit dem Gesicht im Dreck zu landen. Doch es reichte nicht, um sich richtig aufzurichten. Keuchend starrte sie auf den kargen Boden, der von vereinzelten Moosflechten bedeckt war, hier und da streckte sich ein Grashalm empor. Sie schloss die Augen, um sich besser darauf konzentrieren zu können, Luft in ihre Lungen zu bekommen. Sie musste Kraft sammeln und als aller ersten benötigte sie Sauerstoff.

Leider überanstrengte sie fast schon so etwas Einfaches wie Atmen. Am liebsten hätte Kira sich zu Boden sinken lassen und sich einfach nur der Erschöpfung hingegeben. Ohnmächtig werden hörte sich nach einer guten Lösung an. Doch dafür hatte sie keine Zeit, sie durfte sich jetzt nicht einfach so im Freien den Blicken ihrer Verfolger hingeben.

Der Wind hatte sie mit Sicherheit einige Kilometer weit getragen, aber diese Hexen würden sie finden. Sie musste so schnell wie möglich weiter und die Grenze zum Süden überqueren. In ihrem derzeitigen Zustand war das allerdings undenkbar.

Sie benötigte die Pause, dringend.

Scheiße, ich hätte mitten im Wald landen sollen, dachte Kira.

Der Wald war ihr jedoch als keine gute Wahl zum Landen erschienen. Sie hatte Sorge gehabt, dass sie die Kontrolle zwischen den hohen Bäumen verlieren würde und aus gut fünf oder sechs Metern Höhe zwischen den teils ein Meter dicken Ästen hinabstürzen könnte. Diese Vorstellung hatte sie nicht wirklich gereizt. Und so hatte sie ihre letzten Kräfte mobilisiert und war erst am Rande des Waldes gelandet.

Kira stemmte sich mit den noch immer zitternden Armen hoch und setzte sich auf. Ihr Herzschlag war nicht länger schnell und panisch, er ging eher zu langsam, fast schon zögerlich. Ihr wurde schwindelig und die Bäume schienen sich zu einem einzigen Wirrwarr zusammenzuschließen.

Nicht ohnmächtig werden. Erinnere dich, falscher Zeitpunkt. Wild blinzelnd bemühte sie sich, ihren Blick wieder zu klären. Es war gar nicht so einfach, der Schwäche ihres Körpers nicht nachzugeben.

„Kira?" Sie drehte vorsichtig den Kopf, als Sergé an ihrem Bein hochkletterte. „Wir sollten zumindest zusehen, dass wir uns in den Schutz der Bäume zurückziehen. Schaffst du es bis dort vorne?"

Die Rubine seiner Augen waren in diesem Moment dunkel vor Sorge, sodass es aussah, als besäße er zwei Knopfaugen.

Die Schlitzpupille war nicht einmal mehr zu erahnen. Es hätte komisch aussehen können, doch irgendwie wirkte es eher bedrohlich. Kira hatte in diesem Moment den Eindruck, dass er alles tun würde, damit es ihr besser ginge.

Mit seiner ernsten Miene wirkte er zu allem bereit. Sie konnte ihm die Sorge um ihren körperlichen

Zustand nicht nehmen. Selbst den Kopf zu heben, um abschätzen zu können, wie weit es wäre, schien zu viel zu sein. Erneut erfasste sie ein Schwindelgefühl, als ob der gesamte Boden schwanken würde, dabei stützte sie sich doch auf ihm ab. Er gab ihr Halt, oder nicht? Ihr fiel es sichtlich schwer, sich zu konzentrieren.

„Gibst du mir noch einen Augenblick?", fragte Kira mit schwerer Zunge. Sie schien aus Blei zu sein und formte nur mühsam die verlangten Worte.

„Natürlich." Sergé nickte und sein Blick verfinsterte sich noch mehr. Dann huschte er davon.

„Warte hier!"

Als ob sie in ihrem Zustand vorhatte, wegzulaufen. Erschöpft schloss sie die Augen und wartete in der Hoffnung, dass die Hexen sie nicht so bald aufspüren würden. Als sie ein Knacken hörte, hob sie mühsam die Lider. Ein paar Mal blinzeln, dann erst erkannte sie ihren Vertrauten wie er mit etwas Monströsem im Maul auf sie zu stiefelte. Verwirrt blickte sie ihm entgegen.

„Was ist das?", wollte Kira wissen, als er nahe bei ihr zum Stehen kam und das komische Etwas neben ihr abgelegt hatte.

„Das solltest du eigentlich wissen", antwortete er mit tadelndem Blick, doch seine Miene wurde augenblicklich weich. „Reishi. Erinnerst du dich an den Pilz? Wir hatten ihn im Unterricht."

Kira nickte langsam, doch ihr Hirn wollte sich nicht an Einzelheiten erinnern, sie war viel zu erschöpft, um richtig nachdenken zu können.

„Es war gar nicht einfach, einen zu finden. Die wachsen ja nicht gerade auf Bäumen." Er schmunzelte kurz, doch Kira hatte nicht die Kraft, um ihn nach Details seiner mühsamen Suche auszufragen.

„Er hat viele positive Eigenschaften.“ Sergé hatte den großen Pilz auf dem Boden abgelegt. „Vor allem aber soll er dafür sorgen, dass deine natürliche Energie zurückkehrt. Die gefäßerweiternde Wirkung wird dir helfen mehr Sauerstoff aufzunehmen. Zusätzlich wird es dein Immunsystem anregen, das gerade runtergefahren ist und ziemlich im Keller hängt. Außerdem soll es deine eigene Vitalität stärken.“

Kira nickte wieder nur, sie konnte kaum aufnehmen, was ihr Vertrauter ihr da alles erzählte. Sergé beugte sich währenddessen vor und ließ eine kleine Flamme aus seinem Maul strömen. Sie umschloss den Pilz und färbte ihn in wenigen Augenblicken leicht schwarz.

Er murmelte noch einige merkwürdige Worte, die wahrscheinlich Formeln waren - oder Flüche. Dann erlosch das Feuer.

„Roh solltest du ihn besser nicht essen, aber so müsste es gehen.“ Er trug das verkohlte Etwas zu ihr und legte ihn in ihre ausgestreckte Hand. Er war warm. Misstrauisch beäugte Kira ihn von allen Seiten.

„Ich selber habe auch schon einen gegessen. Ist gar nicht so übel. Der Stiel schmeckt sehr holzig, den kannst du übrig lassen. Aber den Rest isst du bitte auf, während ich noch einen hole. In deinem Zustand gilt wahrscheinlich die Devise je mehr, desto besser.“ Er warf ihr noch einen prüfenden Blick zu, dann krabbelte er hastig davon. In wenigen Sekunden war der Salamander zwischen den Stämmen verschwunden.

Mit schweren Lidern konzentrierte sich Kira erneut auf den Pilz. Eigentlich war ihr nicht danach etwas zu essen. Schlafen klang wesentlich reizvoller. Aber sie sollte wohl besser auf ihren Vertrauten hören. Nur allein dadurch, dass sie sich ausruhte, würde sie nicht schnell genug zu Kräften kommen.

Also öffnete sie den Mund und biss eine Ecke des Pilzes ab. Es war irgendwie gummiartig im Mund und Kira schaffte es nicht, besonders lange darauf herumzukauen, bis sie ihn hinunter würgte. Ein verkohlter, rauchiger Geschmack breitete sich in ihrem Mund aus. Lecker war etwas anderes, aber Medizin durfte ja bekanntlich nicht schmecken. Also aß sie weiter. Dieses Mal blieb Sergé nicht so lange verschwunden.

Zwei weitere Pilze hatte er dabei, die auch sogleich geröstet und mit merkwürdigen Worten versehen wurden. In der Zwischenzeit fühlte Kira sich bereits munterer. Zumindest kam sie sich nicht mehr wie jemand vor, der schlafwandelnd in der Gegend herumspazierte. Sie konnte die Augen offen halten, fühlte sich allerdings nach wie vor schlapp und kraftlos.

„Wenn du die gegessen hast, versuch bitte, ob du es dort hinüber unter die Bäume schaffst, ja?" Hoffnungsvoll blickte Sergé sie an. Kira nickte langsam. Mittlerweile fühlte es sich auch nicht mehr wie eine unüberwindbare Aufgabe an, sondern wie etwas, was sie durchaus schaffen konnte, wenn sie sich anstrengte.

Brav aß sie ihre bittere Medizin und rappelte sich danach auf. Unheilvoll schwankend stand sie da. Für einen Moment drehte sich alles und der Rand ihres Blickfeldes verfärbte sich ins Schwarze.

Doch nach einigen Sekunden zog sich die drohende Finsternis zurück. Vorsichtig setzte sie einen Fuß vor den anderen. Es brauchte unglaublich lange, bis sie die ersten Baumstämme erreicht hatte, an denen sie sich abstützen konnte. Doch sie schaffte es, ohne dass ihr erneut schwindelig wurde oder sie das

Gleichgewicht verlor. Als sie sich umsah, bemerkte sie Sergé, wie er den Rucksack mühsam in ihre Richtung zerrte.

„Warte, ich mache das."

„Kommt gar nicht in Frage! Leg dich da hinten hin und schlaf eine Runde. Ehe du dich nicht erholt hast, können wir hier nicht weg. Bis du ausgeschlafen bist, hab ich das hier auch geschafft."

Kira wollte noch widersprechen, doch die roten Augen funkelten sie so bitterböse an, dass sie es nicht wagte. Eigentlich lachhaft. Eine Hexe, die ihrem eigenen Vertrauten nicht widersprach.

Aber ihre Beziehung war von jeher anders und nicht ganz normal gewesen. Also tat sie, was er ihr mehr oder weniger befohlen hatte und ließ ihn machen.

Mit einem erschöpften Aufseufzen gaben ihre Knie nach. Das musste weit genug sein. Der Boden war zwar wenig einladend, aber ihre Müdigkeit ließ ihn wie ein Himmelbett erscheinen.

Kira hatte sich eine Stelle ausgesucht, die hier und da mit Moos bedeckt war und bettete ihren Kopf nun auf ein größeres Moosnest. Ihre Augen fielen ganz von alleine zu und noch bevor die Dunkelheit hinter ihren Lidern sie einhüllte, war sie bereits eingeschlafen.

Kira schreckte hoch. Irgendetwas hatte sie geweckt. Ein Gefühl oder etwas Ähnliches.

„Sergé?" Ängstlich sah sie sich um.

„Hinter dir." Er schlich ihren Rücken empor, was ihr einen Schauer das Rückgrat hinablaufen ließ.

„Spürst du das auch?"

„Ja." Er streckte den dreieckigen Kopf vor. Dann krabbelte er wieder von ihr hinunter und aus dem Schutz der Bäume heraus. Kira erhob sich und schlich ihm hinterher. Aus einem Gefühl heraus griff sie noch nach ihrem Gepäck. Den Rucksack schwang sie sich im Weitergehen auf den Rücken, tatsächlich hatte der kleine Feuersalamander es geschafft, ihn die gesamte Strecke zu ihr zu ziehen. Bemerkenswert!

Aufmerksam musterte Kira ihre Umgebung. Auf den ersten Blick war nichts Außergewöhnliches zu sehen. Sie waren stehen geblieben. Der Wald lag still dar, kein Blatt schien sich zu rühren. Eine Gänsehaut überzog Kiras Arme und das ungute Gefühl verstärkte sich merklich.

Inzwischen lag eine seltsame Spannung in der Luft, als ob bald etwas passieren würde. Ob wohl ein Gewitter im Anmarsch war? Prüfend warf sie einen Blick in den Himmel. Da braute sich tatsächlich etwas zusammen, doch das war kein Gewitter.

Zu spät erkannte Kira, dass diese Spannung keine natürliche Ursache hatte. Der Himmel hatte sich inzwischen zugezogen, sodass die Wolken jede Form von Licht zu verschlingen schienen. Beinahe könnte man glauben, dass es bereits Nacht geworden war.

„Kira!", rief Sergé warnend, doch er konnte die Gefahr nicht lokalisieren. Sie schien von überall her zu kommen. Finstere Stimmen erhoben sich und schienen die beiden einzukreisen. Der Feuersalamander drehte sich verzweifelt auf der Stelle und bemühte sich vergeblich, die Ursache des Zaubers herauszufinden. Doch das konnte ihm gar nicht gelingen, schließlich kam dieser nicht nur aus einer einzigen Richtung.

„Lass uns verschwinden!", schrie Kira und nutze Sergés Kraft, um den Wald in ihrem Rücken in ein Flammenmeer zu tauchen. Dadurch erhoffte sie sich, dass mögliche Verfolger in seinem Inneren gefangen wären.

Normalerweise hätte ein solcher Zauber ihre Kräfte in der Größenordnung überschritten, doch die Angst schürte ihr inneres Feuer, noch dazu teilte Sergé dieselben Gefühle. Außerdem hatte der Reishi gute Arbeit geleistet und ihre Kraftreserven ordentlich aufgefüllt.

Kira bückte sich hastig nach ihrem Vertrauten, der erschöpft auf ihre Schulter kletterte, ihn hatte der Zauber weit mehr Kraft gekostet. Sie war nur für einen kurzen Augenblick unkonzentriert, doch sie konnte den Zauber auf sich zukommen spüren. Mit schreckgeweiteten Augen blickte sie auf. Doch es war bereits zu spät.

„Kira!", schrie Sergé, doch es lag außerhalb seiner Kräfte, etwas zu unternehmen.

Das Feuer raste auf sie zu wie eine Bestie, die alles, was ihr in den Weg kam, vernichtete. Sie hatten keine Chance, dem zu entkommen. Jetzt war es endgültig aus.

Kapitel 9

Rettung

„Vorsicht!“, schrie es aus der Dunkelheit, im nächsten Moment stieß etwas oder jemand Kira zur Seite. Nur knapp entging sie dadurch dem Feuerstrahl. Sergé, der sich gerade darauf vorbereitet hatte, wagemutig von ihrer Schulter in den Flammenstrom zu springen, wurde dabei durch die Luft gewirbelt.

Als Nächstes erhob sich eine Barriere aus Wasser vor ihnen und angenehme Kühle ersetzte die entstandene Hitze, welche auf der Haut gebrannt hatte. Mit verschwommenem Blick erkannte Kira, dass dort eine Hexe stand. Sie war hoch aufgerichtet, die Kapuze ihres Reiseumhangs war hinunter gerutscht und enthüllte ein fein geschnittenes Gesicht, umrahmt von blondem Haar. Der Anblick, wie sie dastand, eingehüllt in das helle bläuliche Licht, das durch das Zusammenspiel von Feuer und Wasser entstand, war atemberaubend. Eine ausladende Bewegung, die Hände schnellten vor und die Wasserwand brach mit einem Tosen zusammen. Sie verschluckte und erstickte das Feuer, so wie seinen Verursacher, der sich als dunkler Schatten vor dem brennenden Wald abgehoben hatte. Schwer atmend stand die fremde Hexe da, während das Wasser über die Lichtung schwappte und bis hin zu den Bäumen alles benetzte.

„Bist du verletzt?“ Die Frage richtete sie direkt an Kira, als sie sich zu ihr herumdrehte.

Die Angreifer waren verschwunden, die Stimmen verstummt und sogar die Sonne drängte sich wieder zwischen den mächtigen Wolken hervor.

Wahrscheinlich hatte das unerwartete Auftauchen

einer weiteren Hexe die Angreifer vertrieben oder aber das Wasser.

„Ich … Mir geht es gut", antwortete Kira und stand langsam auf. Ein wenig orientierungslos blickte sie sich um. Alles heile, der Rucksack lag neben ihr im plattgedrückten Gras, der Schlafsack baumelte am Trageriemen.

„Sergé?", murmelte sie, als sie merkte, dass das Gewicht auf ihrer Schulter fehlte. „Sergé!"

Kira begann sich panisch im Kreis zu drehen. Angst schnürte ihr die Kehle zu. Was war, wenn die Angreiferin ihn mitgenommen hatte?

„Ich bin hier", erklang ein leises Stimmchen aus dem hohen Gras. Der Feuersalamander sah recht mitgenommen aus, er war einige Meter weit geflogen, doch ansonsten schien ihm nichts zu fehlen.

„Ein Glück!" Kira fiel vor ihm auf die Knie und drückte ihren Vertrauten eng an sich.

„Schon gut, mir tut sowieso bereits alles weh", wehrte der ihre plötzliche Zuneigung ab, welche ihn verunsicherte. Was war denn mit einem Mal in sie gefahren?

„'Tschuldige." Behutsam setzte Kira ihn wieder ab, strich aber noch einmal über seine glatte Haut. Ihre Hände zitterten ganz fürchterlich, doch die Erleichterung, dass Sergé nichts passiert war, überlagerte den Schrecken des Angriffs.

„Wir sollten von hier verschwinden, ein gutes Versteck wäre ratsam." Ihre Retterin warf einen unsicheren Blick in Richtung Wald.

„Wir. Wieso wir?" Sergé kletterte auf Kiras Schulter und starrte die blonde Hexe misstrauisch an.

„Ja, oder glaubt ihr, dass ihr ohne mich klar kommt? Dann geht. Aber ich rate euch, vorsichtig zu sein. Es wird nicht immer jemand zufällig vorbeikommen, um euch zu retten.“ Ihre strahlend blauen Augen wirkten freundlich, doch die Deutlichkeit ihrer Worte konnten sie nicht trüben.

„Sergé, sei nicht so unhöflich“, ermahnte Kira ihn. „Entschuldigen Sie bitte.“

„Du.“

„Wie?“ Kira starrte sie verwirrt an, während sie sich erhob und den Rucksack schulterte.

„Du darfst du zu mir sagen. Mein Name ist Sira“, stellte sie sich vor und machte einen leichten Knicks. Dabei ließ sie ihre Umgebung jedoch keinen einzigen Augenblick aus den Augen.

„Ach so, ich … in Ordnung.“ Kira war verwirrt. Normalerweise legten die alten Hexen immer viel Wert darauf, dass man mit einem Siezen seine Ehrerbietung ausdrückte. Diese Hexe schien irgendwie anders zu sein.

„Und deiner?“, wollte sie freundlich wissen.

„Meiner was?“

„Dein Name.“ Sira machte eine einladende Handbewegung und setzte sich dann in Bewegung.

„Ich, ähm. Mein Name ist Kira.“

„Oh, wirklich ein schöner Name und meinem so ähnlich.“

Sie lachte. Es war ein glockenhelles, sehr angenehmes Lachen und Kira fühlte sich sogleich wohl, wurde ruhiger.

„Wo gehen wir hin?“, traute sie sich, schließlich zu fragen.

„Zu meinem Haus. Ich wohne hier ganz in der Nähe. Dort solltet ihr fürs Erste sicher sein“, erklärte Sira bereitwillig. „Ihr ruht euch bei mir aus und überlegt ohne Stress, wie es weitergehen soll.“

„Oh, in Ordnung?“ Es klang wie eine Frage. Doch war es, wirklich in Ordnung einfach so ihre Hilfe anzunehmen?

„Es wird etwa zwei Tagesmärsche benötigen, bis wir dort sind", ergänzte Sira, als sie die fehlende Begeisterung in Kiras Stimme hörte. Die nickte nur. Daraufhin folgten einige Schritte gespanntes Schweigen. Bis Kira es nicht mehr aushielt.

„Sag mal, wie hast du das mit dem ganzen Wasser gemacht?", platzte sie schließlich neugierig heraus. „Wo kam das her? Hast du das irgendwo herausgezogen?"

„Nein, so viel Wasser hätte ich dabei nicht bekommen."

„Aber …" Kira kannte nur diese Methode, um Wasser aus dem „Nichts" zu bekommen.

„Sieh mal her." Sira war stehen geblieben und hatte sich hingekniet. Sie riss einen Grashalm aus und hielt ihn zwischen den Fingern der linken Hand. Neugierig starrte Kira ihn an.

„Aus diesem Halm bekomme ich gerade mal so viel Wasser." Sie führte den rechten Zeigefinger bis zur Spitze des Grashalms. Der schrumpfte augenblicklich zusammen, bis er ganz gelb und vertrocknet war.

„Ich sehe kein Wasser."

„Dann schau noch einmal genauer hin."

Sira streckte ihr den Finger hin. Auf der Spitze konnte Kira einen leicht feuchten Film erahnen. Zaghaft fuhr sie darüber. Er war tatsächlich mit Wasser benetzt, doch das war im Grunde gar nichts.

„Jetzt überlege mal, wie viele Grashalme ich bräuchte, um diese große Wasserwand erzeugen zu können."

Sira umfasste mit den Armen die gesamte Umgebung. „Die gesamte Wiese hätte eventuell gerade so ausgereicht. Doch ich hätte sie komplett ausgedörrt."

„Aber wie hast du es dann gemacht?", fragte Kira mit brennendem Interesse. Sira erhob sich und deutete auf einen Lederbeutel, den sie unter dem Umhang an der Hüfte trug.

„Ich habe mir eine spezielle Mischung aus Kräutern angefertigt. Zusammen mit ein paar alten Formeln, die ich in einem bereits in Vergessenheit geratenen Buch gefunden habe, ist es mir möglich das Wasser auszudehnen und zu vermehren. Damit habe ich immer genug Wasser bei mir, falls ich mich gegen irgendetwas verteidigen muss."

„Wow." Kira ging mit offenem Mund neben ihr her, denn sie hatten sich wieder auf den Weg gemacht und Sira schritt zügig voran. Sie wollte diese Gegend scheinbar bald verlassen haben. Kein Wunder, konnten doch hinter jedem Busch die Angreiferinnen von vorhin lauern.

„Kira", flüsterte Sergé ihr leise ins Ohr. „Was ist, wenn sie auch eine von denen ist? Ich habe kein gutes Gefühl dabei."

„Ach, Quatsch", wischte Kira seine Einwände bei Seite. „Diese Hexe damals sah schon total fertig aus mit dem Leben und auch diese Gjina war merkwürdig. Wenn sie die geschickt haben, will ich gar nicht wissen, wie schlimm die anderen aussehen. Wenn sie jemanden wie Sira hätten, dann hätten sie sie doch wohl gleich mit mir in Kontakt treten lassen, oder?" Kira ließ sich ein bisschen hinter ihre Retterin zurückfallen und antwortete Sergé im Flüsterton. Sie wollte nicht unfreiwillig belauscht werden.

„Ja …", stimmte Sergé ihr widerwillig zu. Dennoch ließ dieses mulmige Gefühl nicht von ihm ab. „Trotzdem halte ich es für unklug, ihr zu vertrauen. Wir sollten uns für die Rettung bedanken und dann so schnell wie möglich verschwinden."

Kira konnte über das Verhalten ihres Vertrauten nur die Stirn runzeln. Ansonsten war er es doch, der ihr andauernd neue Bekanntschaften andichtete und drängte, sie solle auch anderen gegenüber offener sein. Dass er jetzt mit einem Mal darauf bestand, dass sie alleine weiterzogen, wo er zu Beginn doch so gar nichts von dieser Reise gehalten hatte, war seltsam.

Aber Sira besaß einfach ein sehr einnehmendes, freundliches Wesen, sodass es ausgeschlossen war, dass sie etwas Böses im Schilde führte. Schließlich war es doch so, dass sie ohne Siras Hilfe vollkommen verloren gewesen wäre. Diese gruseligen Hexen hätten sie bekommen. Selbst jetzt bestand noch Gefahr. Zu zweit hatten sie eine größere Chance zu entkommen.

Und außerdem, wieso die Sache durch ihre Rettung unnötig verkomplizieren und in die Länge ziehen? Nein, für Kira stand einwandfrei fest, dass Sira keine der fünf Hexen war.

Deswegen ignorierte sie Sergés Versuche, ihre Aufmerksamkeit auf sich zu ziehen und ging ungerührt neben Sira einher. Der kleine Feuersalamander zupfte an ihren Haaren, kniff sie in den Hals und fuhr sogar mit seiner kleinen Zunge über ihre Wange, doch sie ignorierte ihn. Stattdessen tauschten die beiden Hexen sich über die unterschiedlichsten Dinge aus.

Sira berichtete davon, dass sie ebenfalls auf das Internat gegangen war, aus welchem Kira geflohen war, wie sie zögerlich zugab.

Sira tat das mit einem Lachen ab, was Kira sofort für sie einnahm. Sie war es gewohnt für ihr Handeln die meiste Zeit über getadelt zu werden und sich am laufenden Band rechtfertigen zu müssen. Es war angenehm, das Fehlverhalten mit einem Lächeln kommentiert zu bekommen.

Sira erzählte ihr dafür von einigen Streichen, die sie zu ihrer Jugendzeit vollzogen hatte und fuhr damit fort, dass sie nach ihrem Schulabschluss in das kleine Haus gezogen war. Sie war stets sehr naturverbunden gewesen und hatte es vorgezogen sich den Studien zu widmen. Kira erkannte schnell, dass Sira ein sehr heller Geist war. Sie war weise, klug und auch sehr sympathisch. Außerdem war sie einfühlsam, sodass ihr gelang, wofür selbst Sergé Wochen gebraucht hatte, sie hatte mühelos die Mauer überwunden, welche Kira um sich herum aufgebaut hatte.

Als Sergé das erkannte, verfiel er in eine noch miesere Stimmung und zog sich ganz in sich zurück. Wie erstarrt lag er um ihren Nacken. Kira blendete seine Anwesenheit einfach aus und konzentrierte sich ganz und gar auf ihre neue Bekanntschaft.

Kapitel 10

So einfach kann es gehen

„Jetzt erzähl mal, vor wem seid ihr auf der Flucht?"

„Darüber würde ich lieber erst sprechen, wenn wir bei dir sind und nicht … belauscht werden können." Kira konnte nicht sagen, wieso. Aber sie fühlte sich seit Einbruch der Dunkelheit unwohl. Selbst die wärmenden Flammen des Feuers konnten sie nicht beruhigen. Sergé ging es da mit Sicherheit genauso. Er lag nämlich nach wie vor auf ihren Schultern und machte nicht die geringsten Anstalten, sich auch nur einen Zentimeter von ihr zu entfernen. Sie waren den gesamten Tag über die Felder und Wiesen gewandert. Kira fühlte sich noch erschöpfter als am Abend zuvor. Ihre Füße taten weh, der Rücken schmerzte von dem schweren Gepäck und außerdem hatte sie Hunger. Ein lautes Knurren erklang in der Dunkelheit.

„Das war dein Magen, oder?" Sira musterte sie belustigt. Beschämt verschränkte Kira ihre Arme vor dem grummelnden Monster.

„Hier in der Nähe gibt es einen Fluss. Ich hatte sowieso vor, uns ein paar Fische für das Abendessen zu fangen. Willst du mitkommen?"

„Aber klar." Fische fangen. So etwas hatte sie noch nie gemacht! Kira war furchtbar neugierig, wie das wohl gehen sollte. Sira führte sie weg von dem wärmenden Feuer.

Kira fröstelte leicht, fühlte sich aber gleichzeitig irgendwie erfrischt. Das Gewicht von ihrem Rücken war verschwunden, nur der Feuersalamander lag noch immer um ihren Nacken gewickelt.

Schon nach wenigen Schritten hörte sie das leise Plätschern von Wasser. Ein breiter Fluss zog sich durch die Landschaft. Bei der Größe besaß er mit Sicherheit auch einen Namen, aber da Kira keine Karte vor Augen hatte, wusste sie nicht, welcher es sein könnte. Neugierig trat sie näher ans Ufer, welches vom Schein der beiden Monde gut erhellt wurde.

„Welcher Fluss ist das?"

„Der Adara. Er bildet vieler Orts Grenzen. Wir werden ihn morgen überqueren müssen, denn mein Haus liegt auf der anderen Seite des Ufers." Sie deutete hinüber.

„Oh, gibt es hier in der Nähe denn eine Brücke? Oder ein Boot?"

Sira schüttelte amüsiert den Kopf.

„Nein. Aber das brauchen wir auch nicht. Das zeige ich dir aber morgen. Jetzt werden wir uns erst einmal um unser Essen kümmern. Deine Wasserflaschen kannst du übrigens auch auffüllen."

„Ist das nicht ungesund?" Zweifelnd blickte Kira auf die schwarze Oberfläche. Bei den schlechten Lichtverhältnissen ließ sich nicht sagen, ob das Wasser sauber oder dreckig war. Doch da es ein großer Fluss war, war das mit Sicherheit kein Trinkwasser.

„Schon in Ordnung, ich habe einige Kräuter dabei und mit einer einfachen Formel lässt sich das Wasser ganz leicht von allem Unreinen befreien." Sira nickte ihr aufmunternd zu. „Vertrau mir."

Kira ging also die wenigen Meter zurück zu ihrer Lagerstätte, um ihre leeren Wasserflaschen zu holen. Das Feuer flackerte durch das Gestrüpp und wies ihr so den Weg.

„Hoffen wir mal, dass sie dich nicht vergiften will."

„Bist du immer noch misstrauisch?", zischte Kira

genervt, als Sergé sich endlich wieder zu Wort meldete.

„Wir sollten niemandem vertrauen, solange wir auf der Flucht sind."

„Aber ohne ihre Hilfe sind wir aufgeschmissen", entgegnete Kira entschlossen. Sie kannten sich in der Gegend nicht aus, sie müsste nach dem Weg fragen, doch dafür hätte sie zunächst jemanden treffen müssen, den sie fragen konnte. Kira hatte nach der Verfolgungsaktion endgültig die Orientierung verloren, sodass sie einen Kompass sowie eine Karte recht hilfreich gefunden hätte, doch so etwas befand sich nicht in ihrem Besitz. Dazu kam, dass Sira soeben ein weiteres Problem angesprochen hatte. Nahrung und Wasser. Ihre Vorräte sahen zwar noch nicht allzu miserabel aus, doch länger als zwei Tage hätten sie nicht mehr gereicht.

Es war wie ein Wink des Schicksals, dass sie auf Sira trafen. Deswegen ignorierte Kira auch weiterhin Sergés Versuche, sie dazu zu bringen, alleine weiterzugehen. Mit zwei leeren Flaschen in der Hand kehrte Kira an den Fluss zurück. Neben Sira lag bereits ein großer Fisch, der sich als dunkler Schatten in der Dunkelheit auf dem Boden abzeichnete.

„Ah, da bist du ja. Mein Abendessen habe ich schon. Sobald wir dein Wasser erledigt habe, zeige ich dir, wie du dein Essen gefangen bekommst." Auffordernd winkte sie Kira zu sich heran.

„In Ordnung. Fülle die Flaschen bis oben hin", wies sie die junge Hexe an.

Die tauchte sie in den Fluss und ließ die Luftblasen nach oben steigen.

„Sehr gut, gib sie mir." Sira nahm die Flaschen entgegen und stellte beide auf den Boden. Dann rieb sie einige getrocknete Kräuter in die Öffnung, es bereitete sich ein herber, würziger Geruch aus.

„Keine Sorge, das Wasser wird gleich wieder vollkommen geschmacksneutral sein." Sira beugte sich vor und murmelte zwei unterschiedliche Formeln. Die Krümel in den Flaschen leuchteten hell auf und schienen sich auszubreiten, dann lösten sie sich langsam auf.

„Probier mal." Mit misstrauisch gerunzelter Stirn nahm Kira eine der Wasserflaschen entgegen.

„Keine Sorge, es ist vollkommen ungefährlich", beruhigte Sira sie, die das Zögern richtig gedeutet hatte.

„Schau." Sie trank zwei große Schlucke. Erst dann kostet Kira von ihrem eigenen Wasser und das, obwohl Sergé sich misstrauisch nach vorne gelehnt hatte und sie davon abhalten wollte.

„Schmeckt tatsächlich lediglich frisch und sauber."

„Pah, lediglich. Du bist mir ja eine." Sira schnaubte und drehte den Deckel zu.

„Entschuldigung, so meinte ich das nicht! Es ist wirklich faszinierend. Könntest du mir das beibringen?"

„Nein." Kira war enttäuscht.

„Schau nicht so. Diese Form von Magie kann man erst nach seiner Spezialisierung ausüben. Dir ist doch sicher aufgefallen, dass ihr im praktischen Unterricht bisher nur das Beherrschen der Elemente geübt habt. Die späteren Feinheiten lernt man erst danach, weil es sehr ins Detail geht und große Kraft benötigt. Es wäre zu aufwendig, wenn ihr vorab bereits von jedem Element diese Formeln lernen würdet. Außerdem hättet ihr größten Teils gar nicht die nötigen magischen Kräfte."

„Ok." Kira war dennoch enttäuscht, aber sie verstand es auch.

„Dafür kann ich dir aber etwas anderes zeigen." Bei Siras Worten leuchteten Kiras Augen auf. „Ich kann dir zeigen, wie du mit Hilfe des Wassers einen Fisch fängst."

„Wie soll das gehen?"

„Pass auf." Sira streckte die Arme aus und wartete einige Sekunden, dann formte sie die Hände zu einem Kreis und hob sie hoch. Beinahe lautlos tauchte irgendwo aus dem Fluss eine Kugel auf. Auf Siras Wink hin kam der Wasserball auf sie zu geschwebt. Als dunkler Schatten zeichnete sich ein Fisch ab, der in seinem winzigen Gefängnis umher schwamm.

„Wie cool!", rief Kira begeistert.

„Jetzt du." Sira öffnete die Hände und der Fisch samt Wasser platschten auf die Wasseroberfläche.

„Und wie?"

„Hock dich ganz dicht ans Ufer, streck die Hände ins Wasser und suche dir einen Fisch. Wenn du ihn hast, bilde um ihn herum eine Wasserblase und hebe ihn heraus."

„Na gut." Das klang ja zunächst einmal alles recht einfach. Kira bezweifelte jedoch, dass es das sein würde. Immerhin hatte sie bisher mit dem Wasser nicht sonderlich viel Erfolg gehabt. Dennoch tat sie, was Sira ihr gesagt hatte.

Sie zuckte kurz zusammen, als ihre Hände die kalte Oberfläche durchbrachen. Angestrengt blickte sie in die Dunkelheit, hörte das leise Schlagen der Wellen ans Ufer, spürte, wie sie über ihre Hände schwappten. Aber ihr war es vollkommen unmöglich irgendeinen Fisch in diesem Gewässer auszumachen.

Nachdem sogar ihre Beine zu kribbeln anfingen, weil sie bereits so lange in dieser unbequemen Haltung ausharrte, gab sie schließlich auf.

„Das ist mir zu schwierig. Ich bin ohnehin schlecht

mit Wassermagie. Liegt mir nicht.“ Kira schüttelte den Kopf und wollte sich erheben, doch Sira drückte sie sanft wieder hinab. Ihre Beine protestierten und wären am liebsten davongerannt.

„Nur weil etwas nicht sofort gelingt, muss man nicht aufgeben.“

Kira warf ihr einen spöttischen Blick zu, der in der vorherrschenden Dunkelheit unbemerkt blieb. Sie hatte all die Jahre geübt und geübt. Doch ihr war es nie gelungen, das Wasser wirklich zu kontrollieren. Da konnte man doch jetzt nicht sagen, dass sie dazu neigte zu früh aufzugeben. Also wirklich!

„Versuch es noch einmal“, forderte Sira sie auf. Ein klein wenig genervt pustete Kira sich eine Strähne aus dem Gesicht, die an ihrer Nase kitzelte. Trotzdem beugte sie sich folgsam nach vorne und streckte die Finger wieder ins Wasser.

Sira hockte sich hinter sie und legte dann ihre Hände auf die von Kira, deren Arme überzog eine heftige Gänsehaut. Überrascht sah sie sich um.

„Ich führe dich“, erklärte Sira mit ruhiger Stimme.

„Jetzt schließt du die Augen. Spüre die Kühle des Wassers, das sanfte Strömen an deinen Fingern. So …“

Kira konzentrierte sich zum ersten Mal einfach nur auf das Gefühl. Ohne etwas zu wollen oder zu fordern, nahm sie das Wasser lediglich wahr.

„Jetzt breitest du deine Sinne aus. Erweitere den Radius, in dem du etwas fühlst. Folge der Strömung, sie stößt auf das Flussbett, fließt daran vorbei.“ Kira konnte es fast fühlen, wie sie sich im Fluss bewegte, sich mitreißen ließ. Sie stieß auf Hindernisse, um die die Strömung einen Bogen machte. Eines davon war kein Stein, sondern ein Fisch. Sie konnte beinahe spüren, wie das Wasser durch sein geöffnetes Maul hineinfloss und durch die Kiemen wieder hinaus.

„Sehr gut. Jetzt stellst du dir eine Art Glocke vor. Bilde mit deinen Händen einen Kreis, den du auf den Fisch überträgst." Sira führte ihre Hände und Kira bemerkte, wie sich um den Fisch herum eine Art Widerstand aufbaute. Die Strömung floss um eine Kugel herum.

„Jetzt die Hände aus dem Wasser heben und den Fisch mitnehmen. Vorsichtig, langsam." Kira hielt die Augen weiterhin geschlossen, doch sie konnte alles ganz genau fühlen.

„Steh auf und geh ein paar Schritte zurück, lass den Fisch deiner Bewegung folgen. Genau so. Und die Hände öffnen." Sira ließ sie frei und im selben Moment, in dem ein lautes Platschen zu hören war, öffnete Kira die Augen.

„Ich hab einen gefangen."

Ganz verwundert schaute sie auf den hüpfenden und sich windenden Fisch hinab. Dann breitete sich mit einem Mal ein breites Lächeln auf ihrem Gesicht aus.

„Ich habe einen gefangen!" Sie begann vor Freude auf und ab zu springen und sich im Kreis zu drehen.

„Das war ganz leicht. Mega genial! Einfach mit den Händen. Wie cool!"

„Ja, das hast du wirklich gut gemacht. Aber wir sollten ihn so langsam von seinem Leiden erlösen", bremste Sira sie aus.

„Häh? Von seinem Leiden … erlösen?" Kira blickte auf den Fisch hinab, der hilflos am trockenen Ufer zappelte. „Oh."

„Hier." Sira drückte ihr einen dicken Ast in die Hand. „Du musst kräftig zuschlagen, und zwar genau …" Doch Kira wich kopfschüttelnd zurück.

„Nein. Nein. Das kann ich nicht."

Als ob das Stück Holz beißen könnte, hielt sie es

mit ausgestreckten Armen ganz weit von sich weg.

„Du musst aber, sonst kannst du ihn nicht essen.“ Sira hockte neben dem Fisch und hielt ihn still.

„Ich kann aber nicht. Ich will nicht.“ Abermals schüttelte Kira den Kopf und ließ zusätzlich noch den Ast fallen. Dann machte sie weitere Schritte nach hinten.

Sira seufzte. Ihr Umhang raschelte, der Arm holte aus und dann herrschte Stille. Irgendwann hielt Kira das Schweigen nicht mehr aus.

„Was hast du getan?“, wollte sie mit leiser Stimme wissen.

„Ich habe ihm ein Messer von unten …“

„Das meinte ich nicht“, unterbrach Kira sie.

„Aber genau das ist die Antwort auf deine Frage. Wenn du es nicht wissen willst, dann frage nicht“, sagte sie mit ruhiger Stimme. „Ich werde die Fische noch ausnehmen. Du kannst schon mal zum Feuer zurückgehen und Holz nachlegen.“

Stumm drehte Kira sich um und ging zurück. Sie hatte es noch nie erlebt, dass ein Lebewesen sterben musste. Natürlich hätte ihr klar sein müssen, dass ihre Fischaktion darauf hinauslaufen würde, aber es war seltsam gewesen. Als ob sie hätte spüren können, wie das Leben plötzlich erloschen war. Eine Gänsehaut breitete sich auf ihrem gesamten Körper aus und ließ sie fürchterlich erschauern. Da half auch die Wärme des Lagerfeuers nicht.

„Soll ich dich ein wenig wärmen?“, fragte Sergé mit leiser, mitfühlender Stimme.

„Komm hierher“, forderte sie ihn ebenso leise auf und hielt die Arme kurz vom Körper weg. Der Feuersalamander krabbelte hastig auf ihren Schoß. Von da hob sie ihn an ihre Brust und drückte ihn eng an sich. Seine Wärme sickerte langsam in ihren Körper und verscheuchte das Kältegefühl des Todes nach und nach.

Kapitel 11

Mehr Wassermagie

Am nächsten Morgen fühlte Kira sich wie erschlagen. Zwar war sie satt geworden - der Fisch hatte über dem Feuer gebraten ausgezeichnet geschmeckt, der Hunger hatte schließlich über das schlechte Gewissen gesiegt -, jedoch hatte sie kaum ein Auge zu getan. Dementsprechend schwer fiel es ihr die Augen offen zu halten und aufmerksam hinter Sira herzugehen, ohne zu stolpern. Kira wurde erst wieder halbwegs wach, als sie sich am Flussbett einige Hände voll Wasser ins Gesicht spritzte. Die erfrischende Kühle schaffte es, ihre Lebensgeister zumindest halbwegs zu wecken.

„Hast du die Nächte vorher auch so schlecht geschlafen?", wollte Sira scharfsinnig wissen.

„Na ja, erholsam war es nicht unbedingt. Aber so schlecht dann auch wieder nicht." Kira erinnerte sich, dass Sergé nicht ganz unschuldig war, an ihrem jetzigen Schlafmangel. Andauernd hatte er sie in der vergangenen Nacht angestupst oder sonst wie vom Schlafen abgehalten. Sie konnte nicht mit Sicherheit sagen, dass es Absicht gewesen war, weswegen sie ihn auch nicht offen angriff. Dennoch war er die Ursache für ihre wachen Stunden gewesen. Zumindest strafte sie ihn wieder einmal mit Missachtung. Dennoch war es ihr nicht möglich gewesen, ihn davon abzuhalten, seinen gewohnten Platz unter ihren Haaren einzunehmen. Nach einigem Hin und Her und zahlreichen kleinen Kratzern hatte sie ihn schließlich gewähren lassen.

„Dann wird dich der nächste Schritt vielleicht ein wenig wacher machen können. Pass auf." Sira trat vor, einen Schritt nach dem anderen und schließlich ging sie auf dem Wasser weiter. Fasziniert bestaunte Kira ihre neue Freundin. Die drehte sich mit einem fröhlichen Lächeln zu ihr herum und streckte eine Hand aus.

„Kommst du?"

„So also überquerst du den Fluss immer?", fragte Kira unsicher, die höfliche Aufforderung ignorierend.

„Ja, genau. Das ist ganz einfach."

Kira stieß ein heiseres Lachen aus. „Ungefähr so einfach wie das Fische fangen? Das habe ich auch nur mit deiner Hilfe geschafft."

„Dann lass mich dir wieder helfen."

Die junge Hexe starrte unschlüssig auf die Wasseroberfläche. Letztendlich hatte sie jedoch keine Wahl, wollte sie Sira begleiten, dann müsste sie diesen Fluss überqueren. Außerdem wäre es auf der anderen Seite viel sicherer. Nur eine der fünf Hexen, die sie verfolgten, würde die Wassermagie beherrschen. Es wäre schlau, diese Gelegenheit nicht zu versäumen.

„Also gut, was muss ich tun?", erklärte Kira sich schließlich bereit, es auf einen Versuch ankommen zu lassen.

„Als Erstes nimmst du meine Hand."

Sira war ihr ein wenig entgegengekommen, sodass Kira am trockenen Ufer stehen bleiben konnte, als sie die ausgestreckte Hand ergriff. Etwas schnürte ihr die Kehle zu und ließ sie schlecht Luft bekommen. Angst?

„Sehr gut. Jetzt hebst du einen Fuß und stellst ihn vorsichtig auf der Wasseroberfläche ab. Taste dich heran und versuche einen festen Stand zu bekommen."

Kira befolgte die Anweisungen, doch ihr Schuh wollte keinen Halt finden. Andauernd tauchte er in das Wasser ein.

„Stelle dir einen festen Untergrund vor, verdichte sozusagen das Wasser unter deinem Fuß. Denke an …" Sira hob kurz den Finger an die Lippen und dachte nach. „… eine Glasscheibe. Genau, du stellst den Fuß auf einer Glasscheibe ab, die sich genau unter der Oberfläche befindet."

„Na gut." Kira konzentrierte sich auf das Wasser und bemühte sich, etwas Festes zu materialisieren. Sie setzte all ihre Vorstellungskraft ein und startete dann einen neuen Versuch. Tatsächlich traf ihr Fuß auf Widerstand, doch im selben Moment, indem sie aufblickte und ihre Konzentration schwächte, versank sie laut platschend im Fluss.

„Iihh, nass!!", beschwerte sie sich lautstark, ließ Siras Hand los und sprang ans Ufer. Dort schüttelte sie wild fluchend das Wasser aus ihrem Schuh.

„Du musst schon bei der Sache bleiben", kicherte Sira, die neben sie getreten war.

„Das ist nicht lustig." Kira funkelte sie böse an. Sie hatte es noch nie gut leiden können, wenn ihr etwas nicht gelang. Aber viel schlimmer als der Misserfolg war es, wenn sich jemand über ihr Unvermögen lustig machte.

„Entschuldige, so war das nicht gemeint. Warte, ich helfe dir." Sira streckte eine Hand aus und zog das Wasser aus dem Stoff von Kiras Schuh. Mit einem lässigen Schlenker des Handgelenks beförderte sie es zurück in den Fluss.

„So, alles halb so wild."

Kira war allerdings immer noch schlecht gelaunt und verschränkte mit beleidigter Miene die Arme vor der Brust.

„Es war vielleicht etwas viel von mir verlangt, es dich ganz alleine versuchen zu lassen. Wie wäre es, wenn ich dir wieder ein wenig helfen würde. Wie bei dem Fisch?", fragte Sira sie mit einem sanften Lächeln. Freundlich hielt sie ihr erneut eine Hand hin.

„Ich werde nicht wieder nass werden?" Kira konnte nicht schwimmen und hatte, um ehrlich zu sein, unglaubliche Angst, dass sie in der Mitte des Flusses ihre Kräfte verließen und sie jämmerlich ertrank.

„Jetzt weißt du mal, wie ich mich immer gefühlt habe", zischte Sergé leise.

„Ach, halt die Klappe", schnappte Kira zurück. Sie war gerade wirklich nicht in der Stimmung für diese Art Diskussion. Er sollte sich mal nicht so anstellen, immerhin war es seine Aufgabe als Vertrauter an ihrer Seite zu sein. Er durfte sich nicht beschweren!

„Ich werde dich auffangen, wenn du fällst. Vertrau mir", beschwor Sira und schaute Kira eindringlich in die dunklen Augen. Die junge Hexe hatte im Grunde gar keine andere Wahl als zustimmend zu nicken und ein weiteres Mal die ausgestreckte Hand zu ergreifen. Dennoch überzog eine Gänsehaut ihre Arme.

„Du brauchst mir nur zu folgen. Denk gar nicht darüber nach, was wir machen und habe keine Angst. Angst blockiert deine inneren Kräfte und schwächt deine Magie. Konzentriere dich nur auf mich, ich werde dich heile und trocken ans andere Ufer bringen. Ja?"

„In Ordnung." Kira nickte mit ernster Miene und sah dann nur noch in Siras Augen, sie ging rückwärts vor ihr her. Kira blickte nur gerade aus, schaute weder nach rechts, noch nach links. Sie versuchte, an nichts zu denken, nur an das Blau von Siras Augen. In dem sie ihre Umgebung vollkommen ausblendete, schafften sie beide es problemlos über den Fluss.

Ohne Zwischenfälle betrat Kira wenige Minuten später das andere Ufer. Erleichtert stieß sie einen tiefen Seufzer aus und nahm danach einen mächtigen Atemzug, bis ihre Lungen zu platzen drohten.

„Geschafft."

„Das war doch gar nicht so schwierig." Sira lächelte ihr zu.

„Das sagst du so leicht. Sich nur auf eine Sache zu konzentrieren und an nichts anderes zu denken, ist gar nicht so einfach. Ich brauche eine kurze Pause."

Tatsächlich hatte diese geistige Anstrengung Kira sehr geschwächt. Die Nacht mit dem wenigen Schlaf und jetzt diese Konzentrationsübung waren eigentlich zu viel für ihren erschöpften Geist.

„Kein Problem. Wir haben ja auch noch gar nicht richtig gefrühstückt. Wie wäre es, wenn ich ein neues Feuer mache und wir noch einmal Fisch essen?"

„Muss ich den wieder selber fangen?", wollte Kira erschöpft wissen.

„Nur, wenn du unbedingt möchtest." Sira zwinkerte ihr zu und ging, ohne Kiras Antwort abzuwarten, um Feuerholz zu sammeln.

„Sergé? Wärst du wohl wieder so freundlich das Feuer zu entzünden?" Sira lächelte den kleinen Feuersalamander freundlich an. „Das geht einfach schneller, als wenn ich mich mit den Feuersteinen abplackere."

„Nun mach schon." Kira zuckte mit der Schulter, auf der ihr Vertrauter hockte. Der hatte sich bereits am Abend zuvor so geziert und war nur bereit gewesen, das Holz zu entzünden, weil Kira ihn persönlich gefragt hatte. Dass Sira ihn nun darum bat, schien ihm sehr zu missfallen. Mit steifem Gang stakste er auf die aufgeschichteten Äste zu und stieß eine Flamme aus, die sich freudig auf das Brennmaterial warf.

„Besten Dank.“ Sira lächelte ihm zu, doch er blickte sie nur kalt an und kehrte zu Kira zurück.

„Dann werde ich mich mal ans Fischefangen machen“, sagte Sira, immer noch mit einem Lächeln.

„Du könntest wirklich freundlicher sein“, warf Kira ihrem Vertrauten vor, sobald die andere Hexe außer Hörweite war.

„Keine Lust.“

„Wie bitte? Danach geht es hier nicht! Und wehe, du hältst mich nächste Nacht wieder wach.“

„Ich werde tun, was ich für richtig halte“, antwortete Sergé zunehmend gereizt, obwohl er anfangs noch einen ruhigen, beinahe gleichgültigen Tonfall beibehalten hatte.

„Du tust gefälligst, was man dir sagt!“, fuhr Kira ihn wütend an. Sie hatte zwar akzeptiert, dass der Feuersalamander anders war als andere Vertraute, das hieß aber noch lange nicht, dass sie jede seiner Launen gutheißen musste. „Machst du dir etwa Sorgen, dass Sira im Schlaf über mich herfallen könnte?“

Sergé schwieg, was Kira als Zustimmung auffasste, woraufhin sie in gehässiges Gelächter ausbrach.

„Das kann unmöglich dein Ernst sein.“ Er schwieg immer noch. „Es ist viel gefährlicher, wenn ich mich in den Nächten nicht erholen kann. Was, wenn wir tagsüber von den Hexen angegriffen werden und ich vor Müdigkeit einfach umkippe und mich nicht verteidigen kann?“

„Mhm.“ Mehr äußerte Sergé nicht. Dieses Ausschweigen machte Kira beinahe rasend. Sie hasste es, wenn sie sich insgeheim mit ihm streiten wollte und er sich einfach jeden Kommentars enthielt. Damit nahm er ihr die nötige Angriffsfläche.

Doch bevor Kira so richtig wütend werden konnte,

kam Sira zurück. In jeder Hand hielt sie einen aufgespießten Fisch. Das Feuer brannte fröhlich vor sich hin und Kira beschloss, nicht im Beisein von Sira mit Sergé zu streiten und sich stattdessen auf das späte Frühstück zu konzentrieren.

Kapitel 12

Siras Haus

„Du magst die Wassermagie, oder?", durchbrach Kira irgendwann die entstandene Stille. Die Stimmung war leicht gedrückt. Sira schien gespürt zu haben, dass sie sich mit Sergé gestritten hatte. Oder sie hatte es eventuell sogar mitbekommen. Langsam wurde es aber Zeit, dass Kira auf andere Gedanken kam und der beste Weg dafür wäre, sich mit interessanteren Themen abzulenken.

„Wieso fragst du?"

„Ich hatte so den Eindruck. Die Art und Weise, wie du mich an das Fischefangen herangeführt hast …" Kira zuckte mit den Schultern, auf denen wie gehabt der Feuersalamander lag. Obwohl sie wütend auf ihn war, hatte sie keine weitere wortlose Diskussion riskieren wollen, indem sie ihn von seinem Lieblingsplatz verwies.

„Natürlich mag ich meine Magie. Ich liebe das Wasser, es hat so viele Facetten und ist allgegenwärtig. Und dazu noch lebensnotwendig."

„Ja, man kann es spüren, dass du in dem Element sozusagen ganz aufgehst." Kira konnte sich nicht ganz erklären, woher ihre melancholische Stimmung plötzlich kam.

„Du fragst aus einem bestimmten Grund." Wie immer hatte Sira blitzschnell Kiras Stimmung durchschaut. Die schaffte ein schiefes Grinsen. Obwohl, es war mehr das einseitige Anheben des Mundwinkels.

„Na ja, ich frage mich irgendwie, auf welches Element ich mich wohl an meinem zweiundzwanzigsten Geburtstag spezialisieren werde. Was ist, wenn ich damit nicht glücklich bin?" *Sollte ich überhaupt je dieses Alter erreichen.*

Sira bliebt stehen.

„Darüber machst du dir Gedanken? Dass du damit nicht glücklich bist?"

„Na ja." Kira hob hilflos die Schultern. „Momentan fühle ich mich zu gar keinem Element wirklich hingezogen. Klar, das Feuer fällt mir leicht zu beherrschen und Wasser liegt mir nicht so. Aber ansonsten …"

„Kira, hör mir mal zu." Sira legte ihr die Hände auf die Schultern - vertrieb dabei Sergé von seinem Platz, der sie wütend anzischte, weswegen Kira ein Zittern unterdrücken musste - und sah ihr tief in die braunen Augen. „Für was auch immer, du dich entscheidest. Es liegt in dir. Das bist dann du."

„Ja, vielleicht." Kira hatte immer noch zu viele Gedanken in ihrem Kopf.

„Sergé beeinflusst dich", sagte Sira und ließ Kira los.

„Wie meinst du das?"

Sira setzte sich wieder in Bewegung und Kira folgte ihr automatisch.

„Er ist dein Vertrauter und sein Element ist ganz eindeutig das des Feuers. Deswegen kommst du mit Feuer besser klar als mit Wasser."

„Tatsächlich?" Kira drehte den Kopf und starrte auf den Feuersalamander hinunter.

„Du hast es doch beim Fischen selbst gemerkt. Wenn du dich darauf einlässt, dann kannst du das Wasser beherrschen. Es ist eine innere Sperre, die dich blockiert."

Kira dachte eine Weile darüber nach. Es könnte sein, dass Sira damit richtig lag. Ihre Probleme mit dem Wasser hatten erst vor wenigen Jahren angefangen.

Allerdings hatten sie vor der Vertrautenbeschwörung auch nicht allzu viele praktische Übungen gehabt. Sie wusste jedoch nicht, was sie gegen diese „innere Sperre" tun konnte. Zunächst wahrscheinlich erst einmal gar nichts. Und das war ja auch nicht weiter schlimm. Sie hatte Wichtigeres zu tun, als ihre Wassermagie zu stärken.

„Wo ist eigentlich dein Vertrauter?", fragte Kira, um ein wenig auf andere Gedanken zu kommen. Es war nicht gut, wenn sich ihre Gedanken noch mehr gegen Sergé richteten. Das hatte er nicht verdient. Außerdem war es ebenfalls wenig hilfreich sich mit seinem Vertrauten zu überwerfen, wenn man verfolgt wurde.

„Mhm?" Sira sah sie wegen des Themenwechsels fragend an.

„Ach, ich dachte nur, wenn du so lange weg bist …" Kira zuckte mit den Schultern und ließ den Satz unvollendet.

Es kam ihr komisch vor, wenn man seinen Vertrauten nicht ständig bei sich hatte. Obwohl das später normal war. Dennoch, auch wenn sie es nie offen zugeben würde, Sergé und sie verband ein enges Band. Sie konnte sich nicht vorstellen, für mehrere Tage unterwegs zu sein und ihn einfach so daheim oder sonst wo zu lassen.

„Amanda ist eine typische Hauskatze." Sira richtete ihren Blick in die Ferne. „Sie ist keine Streunerin, die sich freuen würde, wenn ich sie auf einen größeren Ausflug mitnähme. Sie hütet lieber das Haus und freut sich, wenn ich wieder zurück bin und den Kamin anheize." Sira lächelte ihr zu, doch Kira war immer noch mit ihren eigenen Gedanken beschäftigt.

„Magst du mir immer noch nichts Genaueres über deine Verfolger erzählen?", fragte Sira sie freundlich. Kira wusste, wie Sergé auf dieses Thema reagieren würde, doch nach ihrer Auseinandersetzung legte sie keinen besonderen Wert auf seine Meinung. Dennoch beschloss sie, an die Sache ein bisschen anders heranzugehen.

„Was kannst du mir über das Jugendelixier sagen?"

„Hat das etwas damit zu tun?"

„Ja …", gab Kira widerstrebend zu. Es wäre unsinnig gewesen, das abzustreiten.

„Was weißt du denn darüber?", gab Sira die Frage zurück.

„Nicht wirklich viel. Im Internat gibt es keine Bücher zu dem Thema und wenn das Elixier zur Sprache kommt, gibt es immer Ärger." Kira zog die Stirn kraus und starrte finster auf den Boden.

„Ja, das ist, weil viele Angst vor diesem mächtigen Zauber haben."

„Aber wieso? Es tut doch niemandem weh, wenn jemand wieder jung wird."

„Nein, das nicht." Sira lächelte. „Es geht auch weniger um das Ergebnis, als vielmehr um den Weg bis dorthin."

„Häh?" Kira verstand gar nichts. Doch bei den rätselhaften Worten horchte Sergé plötzlich auf.

„Die Details um die Beschwörung und Herstellung des Elixiers werden streng bewacht. Ich weiß nicht einmal, ob sie überhaupt noch irgendwo schriftlich festgehalten sind."

„Was? So schlimm?"

Sira nickte.

„Es gab wohl bei der ersten Durchführung einiges an Aufregung, weil jemand beinahe zu Tode gekommen wäre. Aufgrund dieses Zwischenfalls wurde der Zauber verboten und niemand durfte mehr darüber sprechen."

„Jemand wäre gestorben?" Kiras Augen weiteten sich

zu großen dunklen Murmeln.

„Ich kann dir nicht sagen, ob das wirklich stimmt. Ich weiß auch nicht, ob es ein Unfall war, nehme es aber an“, ergänzte sie rasch.

„Blut …“, murmelte Kira leise und Sergé warf ihr einen besorgten Blick zu.

„Was meinst du?“

„Nichts“, wehrte Kira rasch ab, als Sira sich zu ihr hinüber neigte, um ihr besser ins Gesicht sehen zu können. Sie entschloss sich, rasch von ihrem ungewollten Kommentar abzulenken.

„Und in Zusammenhang mit dem Geistelement?“

„Wieso fragst du?“

„Ich …“ Jetzt wäre es soweit, ihr die gesamte Geschichte zu erzählen.

„Wahrscheinlich ist es eine etwas längere Geschichte. Wir sind bald bei mir zu Hause, da haben wir dann die nötige Zeit und Ruhe. Ich warte gerne noch ein bisschen, aber ich bin wirklich gespannt.“ Wie immer lächelte Sira sie freundlich an. Obwohl diese sie so lange im Unklaren ließ, kam nichts als Verständnis von ihrer Seite.

„Übrigens, ich habe einige alte Bücher bei mir zu Hause. Da könnte etwas drinstehen. Ich habe mein Leben lang damit zugebracht, altes Wissen anzuhäufen. Die Hexen verschleiern oder verstecken einige Dinge, wenn sie glauben, dass es für die Öffentlichkeit zu gefährlich ist. Aber dieses Wissen kann auch sehr nützlich sein. Man sollte es nicht wegsperren oder ignorieren. Wenn du magst, schaue ich nach, sobald wir da sind.“ Die blauen Augen musterten die junge Hexe eingehend und Kira nickte begeistert.

„Das wäre toll!“ In diesem Moment schöpfte sie wieder Hoffnung. Mit der Aussicht auf neues Wissen, konnte sie hoffen, doch noch einen Ausweg aus dieser

Lage zu finden. Es ließ die Dinge nicht mehr ganz so aussichtslos erscheinen. Mit freudig klopfendem Herzen sog sie die frische Luft in ihre Lungen. Zum ersten Mal seit der Begegnung mit dieser Gjina gelang es Kira, sich wirklich zu entspannen und ihre Umgebung wieder richtig wahrzunehmen und das frei sein zu genießen.

Sie wanderten gerade einen schmalen Trampelpfad entlang. Er hatte sie an großen Wiesen vorbeigeführt und schlängelte sich nun zwischen mächtigen Bäumen entlang. Das Zwitschern der Vögel erfüllte die Luft und das Rauschen und Rascheln der Blätter drang in Kiras Ohren. Der Wald roch irden und leicht feucht, gleichzeitig aber auch belebend.

Der harzige Geruch der Bäume war angenehm und in dem leicht gedämpften Licht, mit dem dichten Blätterdach über dem Kopf, fühlte sie sich wohl, geradezu geborgen. Mit Sicherheit trug die Tatsache, dass bereits einen ganzen Tag keine Zwischenfälle mehr geschehen waren, auch zu diesem Eindruck einer entspannten Atmosphäre bei.

„Wie weit ist es noch bis zu deinem Haus?"

„Nicht mehr weit. Wir müssen nur diesen Wald durchqueren und dann noch ein Stück gehen. Wir schaffen es in jedem Fall heute noch."

„Ich freue mich schon", sagte Kira begeistert und das stimmte wirklich. Sie war vollkommen aufgedreht - was auch am Schlafmangel liegen könnte - und wäre am liebsten den Weg entlang gehüpft wie ein junges Reh. Sie konnte es kaum noch erwarten, endlich da zu sein.

Der Weg bis zu Siras Haus war dann doch weiter, als Kira gedacht hatte. Es dämmerte bereits und der Himmel bekam diesen speziellen Ton, den er stets annahm, sobald die Sonne am Horizont zu verschwinden drohte. Das hatte sie schon unendlich viele Male von ihrem Turmzimmer aus beobachtete und dennoch konnte sie sich nicht sattsehen. Kira konnte es nicht beschreiben aber dieser Übergang zwischen Tag und Nacht hatte etwas Spezielles, Geheimnisvolles.

Sobald das Licht der Dunkelheit Platz machte, verspürte sie so ein merkwürdiges Gefühl. Es war tief in ihrem Inneren und sie hatte stets das Bedürfnis, es dem Tag gleich tun zu müssen, aber bisher hatte sie noch nicht erkannt, was das bedeuten sollte. Verschwinden? Sich auflösen? Etwas anderem Platz machen? Oder schlicht und einfach sich der Dunkelheit hingeben?

Diese Gedanken beschäftigten sie und brachten stets eine melancholische Stimmung mit sich. Deswegen war Kira heilfroh, dass ein kleines Haus sie ablenkte, als sie der Anblick dieses merkwürdigen und so besonderen Nacht ankündigenden Farbtons traf und sie schon wieder dieses Gefühl in sich empor steigen fühlte. Im gleichen Moment erschien eine dunkle Silhouette vor dem Himmel.

Siras Haus war mehr eine Hütte, klein und schnuckelig. Kira vermutete auf dem Dachboden jede Menge geheimer Gegenstände und Unterlagen. Dieses Gebäude regte ihre Fantasie mehr an, als es das Internat mit seinen vielen verschiedenen Hexen getan hatte. Das einzig Geheimnisvolle, das sie dort je gefunden hatte, war ihr Turmzimmer gewesen.

Doch das schien hier ganz anders zu sein. Als sie hinter ihrer neuen Freundin, deren Haus betrat, begrüßte sie der Duft verschiedenster Kräuter. Als Nächstes schoss ein dunkler Schatten an ihnen vorbei.

„Was zum …!" Kira sprang erschrocken einige Meter zurück, weil sie einen Überraschungsangriff erwartete. Sergé war ebenfalls in eine Angriffshaltung gewechselt. Der Salamander zischte wütend und hatte sich auf ihrer Schulter aufgerichtet, seine roten Streifen glühten unheilvoll.

„Ganz ruhig. Das war nur Amanda“, beruhige Sira die beiden.

„Was?“ Kira sah in die Richtung, in die der Schatten gerannt war.

Ihr Herz schlug ihr bis zum Hals, doch sie beruhigte sich sogleich, als ihr aus dem Dämmerlicht zwei helle Augen entgegenleuchteten. Sira hatte im Haus Licht angemacht und die Katzenaugen reflektierten dieses, sodass in der Entfernung zwei gelbe Punkte erstrahlten.

„Willst du unsere Gäste nicht wenigstens begrüßen?“, rief Sira ihr zu, doch die Katz duckte sich bloß ins hohe Gras und verschwand dann außer Sichtweite. Sie schüttelte den Kopf. „Tut mir wirklich leid, sie ist ein wenig eigen. Besucher mag sie genauso wenig, wie lange Ausflüge.“

„Schon gut, es tut mir leid, dass wir uns so aufdrängen“, entschuldigte Kira sich im Gegenzug. Ihr war jetzt erst klar geworden, dass sie wie selbstverständlich mit Sira mitgegangen war. Obwohl diese ihr gegenüber nicht die geringste Verpflichtung hatte. Dennoch hatte sie sie vollkommen selbstlos beschützt, ihr geholfen, Essen gegeben, sie sogar zu sich nach Hause eingeladen.

„Aber nicht doch. Ich habe dich schließlich eingeladen. Es war meine Idee, dass ihr bei mir Schutz sucht. Also bitte, kommt herein.“ Sira ging hinein und winkte Kira, ihr zu folgen. Sie betrat das Haus beim zweiten Anlauf zunächst zögerlich und sah sich im Inneren interessiert um. Erneut stieg ihr der würzige Duft in die Nase und bald schon hatte sie den Ursprung entdeckt.

In dem kleinen Nebenraum der Küche hingen zahlreiche Pflanzen. Die unterschiedlichsten Sorten wurden dort getrocknet, zerrieben, eingelegt oder zu feinem Pulver oder Cremes verarbeitet. Kira machte große Augen.

Diese Form der Magie machte nur einen ganz kleinen Teil ihrer Ausbildung aus und das winzige Gewächshaus oder der mickrige Kräutergarten des Internats reichten nicht ansatzweise an die Vielzahl von Siras kleiner Kräuterküche heran.

Sobald sie sich sattgesehen hatte - sogar Sergé lugte interessiert unter ihren braunen Haaren hervor - führte die Hausbesitzerin sie weiter bis ins Wohnzimmer. Das war verhältnismäßig riesig und schien mehr als zwei Drittel der gesamten Wohnfläche einzunehmen. Regale voller Bücher, eine urige Holzdecke und ein süßlich zitroniger Geruch in der Luft gaben Kira augenblicklich das Gefühl hier Zuhause zu sein.

„Setz dich. Deine Sachen kannst du im Flur stehen lassen. Ich mache uns schnell einen kräftigen Kräutertee und dann darfst du mir endlich deine Geschichte erzählen. Ich bin schon ganz gespannt."
Kira nickte langsam.

Sie würde ihr wohl alles erzählen können. Sira ahnte wahrscheinlich bereits das meiste, aber dennoch würde sie alles von Anfang an berichten müssen.

Sira zwinkerte ihr noch verschmitzt zu, dann verschwand sie in der Küche und man hörte Geschirr klappern, Wasser rauschen und ein neuer Duft breitete sich schon bald im Raum aus. Kira hatte sich währenddessen auf dem gemütlichen Sofa niedergelassen und blickte verträumt durch das kleine Fenster zu ihrer Rechten nach draußen in die aufziehende Nacht.

Waren tatsächlich erst wenige Tage vergangen, dass

diese seltsame Hexe sie angesprochen hatte? Es erschien ihr viel länger her zu sein. Wo sollte sie bei ihrer Unterhaltung nur beginnen? Wie die Dinge vernünftig erklären?

Sollte sie chronologisch mit der ersten Begegnung beginnen oder mitten drin anfangen?

Es war wohl klüger, wenn sie …

Kapitel 13

Element Geist

„So, so. Das ist also der Grund, wieso diese Hexe, Verzeihung, Hexen hinter dir her sind." Sira legte nachdenklich einen Finger an ihr Kinn. Kira hatte inzwischen die gesamte Geschichte mit all ihren verworrenen Zusammenhängen aufgeschlüsselt und der Tee war leer getrunken.

Sergé, der von dieser Offenheit nicht viel hielt, hatte sich währenddessen in dem fröhlich knisternden Feuer verkrochen. Sira hatte den Kamin mit frischem Holz versehen und der kleine Feuersalamander hatte die nächste Gelegenheit ergriffen, um sich in den Flammen zu verstecken.

Kira wusste, dass das Feuer ihm Kraft gab und seine Wunden heilte. Obwohl die Flammen normalerweise jeden verbrannten, wirkten sie auf ihn dank seiner Fähigkeiten als Vertrauter ganz anders. Sergé hatte sich schon immer gerne in der Nähe von diesem Element aufgehalten, doch besonders gerne verkroch er sich darin, wenn er einem Gespräch mit Kira aus dem Weg gehen wollte. Auch jetzt war er beleidigt und zeigte es ihr hiermit nur allzu deutlich. Doch Kira kümmerte sich nicht weiter darum.

Sie fragte sich lediglich, wieso er sich vom Lagerfeuer ferngehalten hatte. Da war er nicht von ihrer Seite gewichen. Erschien es ihm hier sicherer? Doch was kümmerte es sie. Kira war viel mehr daran interessiert, was Sira über dieses Geistelement wusste und hatte ihr deshalb die gesamte Geschichte anvertraut.

Sie war sich durchaus bewusst, dass das der Punkt

gewesen war, an dem sie es in Sergés Augen übertrieben hatte. Aber sie kümmerte sich in dieser Sache nicht um seine Meinung. Es war ihre Entscheidung, wem sie, was anvertraute und Sira schien vertrauensvoll genug zu sein. Außerdem brauchten sie die Informationen!

Ihre neue Freundin hatte sich erhoben und stand nun mit gerunzelter Stirn vor einem der mächtigen Bücherregale, das sich neben dem Kamin befand. Nachdenklich fuhr sie mit dem Zeigefinger über die Buchrücken und murmelte dabei unverständliche Worte vor sich hin. Schließlich zog sie ein Exemplar heraus, schlug es auf und blätterte kurz hin und her, bis sie innehielt.

Kira saß mit angehaltenem Atem auf dem Sofa. Kerzengerade streckte sie sich in die Höhe, aber selbstverständlich war es, von ihrer Position aus ganz und gar unmöglich Genaueres zu erkennen. Sie musste sich so lange gedulden, bis Sira mit dem Buch in den Händen zum Sofa kam und neben ihr Platz nahm.

„Dieses Buch ist sehr alt und darin stehen Dinge, die in den neueren Werken nicht einmal mehr eine Erwähnung finden." Sie fuhr mit dem Finger einige Zeilen entlang. Kira beugte sich vor, doch sie konnte die merkwürdigen Zeichen nicht lesen.

„Was ist das für eine Sprache?"

„Das ist lediglich eine sehr altertümliche Schrift", erklärte Sira. „Aber wenn du genau hinschaust, dann wirst du einige Buchstaben wiedererkennen. Es ist nur viel verschnörkelter und das S oder hier das K, sie werden anders geschrieben."

„Aha." Kira kniff konzentriert die Augen zusammen und erkannte E, A und O. Aber lesen konnte sie diese seltsamen Schnörkel noch immer nicht.

„Keine Sorge, ich kann es ja lesen. Also weiter im Text.“ Sira zwinkerte ihr zu.

„Ja, bitte.“ Kira nickte eifrig.

„Gut, dann wollen wir mal. Zunächst steht hier, dass das Element Geist immer nur einen einzigen Träger hat. Damit unterscheidet es sich deutlich von den anderen Elementen. Außerdem wird es mit dem Tod seines Trägers in einer anderen Hexe wiedergeboren. Wenn ich das richtig verstehe, dann dienen diese Hexen in der Hauptsache nur als eine Art Gefäß. Es scheint äußert selten vorgekommen zu sein, dass dieses Element aktiviert wurde und auch wirklich von der Trägerin genutzt werden konnte. In den meisten Fällen haben sie keinen Zugriff auf ihre innere Kraft.“

„Aber wenn sie das Element gar nicht nutzen können und sich wohl auch dessen Besitz nicht bewusst sind, wie nutzen sie dann Magie? Und wieso fällt das niemandem auf?“ Kira war neugierig näher gerückt und klebte nun geradezu an Sira.

„Warte.“ Diese überflog hastig den Text. „Scheinbar ist es so, dass sie offen für jede Form von Magie sind und sie zumeist das magische Element ihres Vertrauten übernehmen.“

„Steht da noch etwas zu dem Vertrauten dieser Hexen?“, wollte Kira voller Spannung wissen.

„Ja, ähm. Da habe ich gerade irgendetwas gelesen. Ah! Hier steht geschrieben, dass überliefert wird, die Hexe, welche Trägerin des Geistelements ist, beschwört als Vertrauten stets eine ihr verwandte Seele. Ich weiß nicht genau, was das zu bedeuten hat. Es scheint auch nicht bewiesen zu sein …“

Siras Stirn legte sich in Falten und sie blätterte um. Doch auf der folgenden Seite standen auch keine weiteren Informationen.

„Könnte es sein, dass es immer dieselbe Seele ist? Dass der Vertraute irgendwie mit dem Geistelement verbunden ist?"

„Kann ich nicht sagen. Aber hier steht, welche Kräfte mit dem Element verbunden sind. Es erlaubt einem, sowohl über lebende, als auch über verstorbene Seelen zu gebieten."

„Was soll das denn bedeuten?", grummelte Kira. Sie hätte viel lieber noch etwas über diese verwandte-Seelen-Sache erfahren.

„Keine Ahnung. Ich denke, dass es bedeutet, dass man den Willen der anderen beeinflussen kann. Und wahrscheinlich kann man Geister heraufbeschwören. Kein Wunder, dass es nur je eine Trägerin gibt. Wenn dieses Element aktiviert ist, ist es wahrlich mächtig. Und gefährlich." Sira klappte das Buch mit einem deutlich vernehmbaren Schlag zu.

„Moment. Steht da nicht noch, wie man dieses Element aktiviert?" Kira griff unbewusst nach dem Buch, ein Zittern durchlief ihren Körper, als Sira sich und das Buch ihr entwand. Beinahe hätte sie nachgegriffen, so begierig war sie darauf, mehr zu erfahren.

„Nein, leider nicht. Wenn es da stünde, dann hätte man ja auch bei jeder Trägerin das Element aktivieren können. Entweder haben selbst die aktivierten Gefäße nie gewusst, wodurch ihre Kräfte geweckt wurden oder sie haben es geheim gehalten."

„Wie ärgerlich." Beleidigt verschränkte Kira die Arme vor der Brust - teils auch um das Verlangen zu unterdrücken, sich das Buch zu schnappen.

„Aber ich wüsste eventuell einen Weg, wie wir herausfinden können, ob du tatsächlich eine Geistträgerin bist." Sira warf ihr einen merkwürdigen Blick zu, war es Unsicherheit? „Das wird dir deine

Verfolgerinnen zwar nicht vom Hals halten, aber immerhin hättest du dann Gewissheit. Und solltest du es nicht sein, dann gäbe es zumindest eine kleine Möglichkeit, sie ebenfalls davon zu überzeugen."

„Das geht wirklich?"

„Ja. Es ist eine Abwandlung der Zeremonie, welche du an deinem zweiundzwanzigsten Geburtstag durchführen wirst, um dein Element zu bestimmen. Man sagt, dass erst zu dem Zeitpunkt das Element wirklich festliegt. Aber bei dir wäre es ja anders."

„Ist es gefährlich?"

„Es ist schwierig und kostet mich eine Menge Zauberkraft. Aber ich würde es tun."

„Wieso?", wollte Kira wissen. Sergé horchte auf.

„Mhm?" Sira blickte sie an.

„Wieso hilfst du uns? Warum tust du das alles, bist bereit, diese Dinge auf dich zu nehmen? Du kennst mich doch gar nicht."

Sira lächelte sie einfach nur an.

„Wie soll sich etwas verändern, wenn man nicht bereit ist, etwas zu unternehmen? Ich denke, dass es Dinge gibt, die unterstützt werden sollten, mit allen Mitteln. Ihr braucht meine Hilfe und es wird schon einen Grund haben, dass ich euch in eben diesem Moment getroffen habe."

„Ja." Mehr sagte Kira dazu nicht.

Das alles klang so selbstlos, aber auch so selbstverständlich. Dazu gab es keine weiteren Worte hinzuzufügen. Sira klatschte vergnügt in die Hände und erhob sich.

„Also abgemacht. Wir werden die Zeremonie morgen durchführen. Für heute habt ihr beide genug durchgemacht und du siehst aus, als ob du in den nächsten Minuten vom Sofa fällst."

Kira riss erschrocken die Augen auf und traf auf

den besorgten Blick von Sira. Es stimmte, sie war wirklich todmüde und konnte kaum noch die Augen aufhalten.

„Müde“, murmelte sie als Erklärung und Sira nickte bekräftigend.

„Ich werde dir mein Gästezimmer zeigen, dort kannst du dich ausruhen. Ich wecke dich morgen. Keine Sorge, ruhe dich einfach aus.“

Sergé, der bei Kiras erschöpftem Anblick aus dem Feuer gekrochen kam, verfolgte die beiden argwöhnisch in das angrenzende Zimmer. Darin war kaum genug Platz für ein Bett und einen kleinen Schrank. Kira ließ sich mit einem ausgiebigen Gähnen auf die Matratze sinken, sie bedankte sich noch rasch, bevor Sira wieder aus der Tür verschwand.

„Kira, alles in Ordnung mit dir?“, fragte Sergé besorgt und kletterte mühsam auf das fremde Bett.

„Joar, geht schon.“ Sie gähnte abermals, dann warf sie ihm einen bedeutungsvollen Blick zu.

„Bin nur müde. Hab letzte Nacht nicht viel geschlafen.“

Sergé betrachtete sie kritisch, nicht schuldbewusst.

„Jetzt hör aber auf!“, fuhr Kira ihn wütend an, nachdem sie erkannte, was in seinem kleinen Köpfchen vorging. „Da war nichts in meinem Tee, ich bin einfach nur erschöpft.“

Beleidigt schmiss sie die Decke über sich, ohne sich vorher irgendwie umzuziehen. Sergé musste bei diesem Manöver höllisch aufpassen nicht auf den Boden katapultiert zu werden.

„Was du immer denkst“, murrte sie noch ungehalten, dann verlangsamte sich ihre Atmung und sie begab sich ins Reich der Träume. Der kleine Feuersalamander schüttelte stumm den Kopf, kroch dann vor und schmiegte sich an ihren Rücken, um über sie zu wachen, während sie so hilflos war.

Kapitel 14

Entscheidungen

Als Kira am nächsten Morgen erwachte, lag etwas Schweres auf ihr, was sie zu Boden drückte. Sie bemühte sich darum, ruhig weiter zu atmen und als Erstes die Lage zu sondieren. Wo war sie? Was war vorher passiert? Und war sie verletzt?

Doch während die Erinnerungen an das Treffen mit Sira und ihr Gang ins Bett vergangene Nacht zurückkehrten, schwand auch das Gewicht auf ihrem Rücken. Sie atmete erleichtert aus und richtete sich langsam auf. Etwas krabbelte von ihr hinunter.

„Na, endlich!“, schnaufte Sergé. Er musste auf ihr gesessen haben und Kira hatte sich nur eingebildet, dass er so viel schwerer war. „Ich dachte schon, dass du gar nicht mehr aufwachst. Du hast geschlafen wie eine Tote.“

Als sie sich zu ihm umdrehte, sah sie die Besorgnis in seinen dunkelroten Augen. Die sonst schlitzartig zulaufenden Pupillen waren ganz groß und rund. Er hatte sich tatsächlich große Sorgen gemacht, weswegen sie ihren bissigen Kommentar hinunterschluckte und ihn stattdessen sanft anlächelte.

„Ich war nur total müde, schätze ich. Ich hoffe, dass du Sira nun nicht mehr misstraust.“ Jetzt blickte sie streng auf ihn hinab, als er seinen Kopf wegdrehte, um ihrem Blick auszuweichen.

„Sergé!“, ermahnte sie ihn ernst.

„Schon gut, ich hab ja wohl keinen Grund mehr, oder?“, fragte er bissig, schaute sie aber immer noch nicht an. Es war klar, dass er aus irgendeinem Grund wütend auf sie war, aber Kira hatte keine Lust, dem genauer auf den Grund zu gehen. Sie fand, dass er sich absolut albern und kindisch verhielt. Als ob er eifersüchtig wäre und sie hatte keine Lust, sich damit zu beschäftigen. Also ignorierte sie ihn und stand auf.

Zaghaft öffnete sie die Zimmertür und lugte hinaus. Ein herrlicher Duft von Kräutertee und Pfannkuchen stieg ihr in die Nase und ließ ihren Magen verräterisch knurren. Da fiel ihr ein, dass sie bis auf den Tee und ein paar Keksen gestern Abend wegen der Müdigkeit gar nichts mehr gegessen hatte und sowieso den ganzen Tag gerade mal morgens den Fisch und einige wilde Beeren. Abermals rumorte ihr Magen lautstark, es tat richtig weh, diese Leere.

„Sag mal, ist das dein Magen, der da so einen Lärm veranstaltet, Kira? Oder werden wir angegriffen?" Sira erschien in der Tür zur Küche eine bunte Schürze umgebunden und lächelte ihr freundlich zu. Kira lief feuerrot an und versteckte sich hinter ihren langen Haaren. Das hatte sie seit einer Ewigkeit nicht mehr gemacht. Irgendwann hatte sie begonnen mit der Einstellung durchs Leben zu gehen, dass es ihr egal war, was andere von ihr dachten. Sira stellte ihr fröhliches Lachen zur Schau.

„Komm, ich bin gerade soweit fertig mit den Frühstücksvorbereitungen."

Mit einem schüchternen Blick schlich Kira in die Küche und setzte sich an den fertig gedeckten Tisch.

„Iss vernünftig, du musst Hunger haben. Wenn wir fertig sind, erkläre ich dir das Ritual und wir fangen gut gestärkt damit an. Einverstanden?" Kira nickte begeistert und starrte mit riesigen Augen auf das großzügige Frühstück.

Neben Obst, dem wunderbar duftenden Kräutertee und einem riesigen Berg Pfannkuchen, gab es auch frisch gebackenes Brot und verführerisch golden glitzernden Honig.

„Greif zu", munterte Sira sie auf und das ließen Kira und ihr Magen sich nicht zwei Mal sagen.

Nach einem ausgedehnten Frühstück, einer leckeren Kräutermischung zum Abschluss und einem ausführlichen Gespräch mit Sira, was Kira bei der Beschwörung erwartete, gingen die beiden, gefolgt von Sergé, hinaus in den kleinen Kräutergarten. Dahinter war eine große Wiese, auf der bereits ein Pentagramm in den Boden geritzt war. In die entstandenen Furchen hatte Sira Ethanol gegossen, welches sie sonst zum Einlegen einiger ihrer Experimente nutzte, wie sie Kira anvertraut hatte.

„Stell dich in die Mitte", wies Sira die junge Hexe an. Die gehorchte und trat in das Fünfeck, welches aus dem Pentagramm entstand.

„Du nicht!" Sira packte den Schwanz des kleinen Feuersalamanders, welcher hinter seiner Meisterin hergelaufen war. „Du störst den Zauber, wenn du dich einmischst. Wir wollen schließlich nicht dein Element herausfinden."

Beleidigt funkelte er sie an, sagte aber nichts. Stattdessen setzte er sich wie ein gut dressiertes Hündchen an den Rand und betrachtete das folgende Treiben kritisch.

An jeder Spitze des Pentagramms stand eine bronzene Schüssel. In einer brannte ein Feuer, lag ein Stein, ein Ring, eine war mit Wasser gefüllt und die letzte Schüssel war leer, welches die Luft symbolisierte.

„Da wir wissen, dass die Träger des Geistelements dennoch für verschiedene Elemente ausgewählt werden, wird die normale Zeremonie nicht das gewünschte Ergebnis bringen. Deswegen sieht dieser Zauber noch eine Besonderheit vor." Sira ging umher und verband jedes Element mit einer dünnen Schnur. „Normalerweise brennen am Ende nur noch jene Spitzen des Pentagramms, welche die Elemente der Hexe symbolisieren. Solltest du aber keines oder besser gesagt alle in dir tragen, wird das Geistelement sich melden. Es wird durch die Verbindung aller Elemente dargestellt, weil es über diesen steht."

Kira stand stocksteif in der Mitte und schluckte angestrengt, während sie nickte, um zu zeigen, dass sie verstanden hatte. Sira warf noch einen prüfenden Blick in ihr Buch, um zu kontrollieren, ob sie auch wirklich alles richtig gemacht hatte.

„Ja, genau … Also schön, im Grunde können wir anfangen. Bist du bereit, Kira?"

Das konnte sie nicht unbedingt von sich behaupten, denn ihr Herz schlug ihr bis zum Hals und die Innenflächen ihrer Hände waren schweißnass. Unsicher warf sie einen Blick zu Sergé hinüber. Der zuckte nichtssagend die Schultern, doch als sie so verzweifelt dreinschaute, nickte er ihr schließlich aufmunternd zu.

„Bereit." Ihre Stimme war ganz dünn und furchtbar leise. Sira hatte es dennoch gehört.

Es war merkwürdig diese wichtige Zeremonie am helllichten Tag in einem fremden Garten hinterm Haus durchzuführen.

Normalerweise wurde der zweiundzwanzigste Geburtstag einer Hexe prunkvoll gefeiert, mit vielen Geschenken und Glückwünschen. Es gab sehr viel zu essen und zu trinken, ein jeder war zu der Feier eingeladen.

Sobald die Sonne dann untergegangen war, versammelten sich die Hexen unter dem sternenbesetzten Nachthimmel. Überall standen Fackeln und Kerzen, die die Dunkelheit mit ihrem Licht erhellten. Doch im Mittelpunkt des Abends stand das Geburtstagskind.

Kira hatte bereits einige dieser Zeremonien miterlebt. Es war jedes Mal unglaublich aufregend gewesen, deswegen wusste sie auch ungefähr, was auf sie nun zukommen würde. Dennoch fühlte es sich so vollkommen falsch an. Der Prunk, die mystische Atmosphäre und vor allem das Besondere fehlten an diesem Tag mit all dem Sonnenschein und Licht.

Aber es würde schon gehen. Sie hatten nicht die Zeit bis zum Einbruch der Nacht zu warten, wer wusste schon, wie bald die fünf Hexen sie aufgespürt hatten und hier auftauchten?

Nein, sie müssten so schnell wie möglich weiter, sollte sie tatsächlich dieses besondere Element in sich tragen. Wäre dies jedoch nicht der Fall, hatte Sira ihr versprochen ihre Verfolger aufzuhalten und sie über den Irrtum aufzuklären. Sie würde die Zeremonie sogar wiederholen, um sie von ihren Worten zu überzeugen.

Das wäre der einzige Weg für Kira, um diesem Irrsinn zu entkommen, noch bevor er wirklich begonnen hatte. Deswegen drückte sie jetzt alle Daumen, als Sira sich bückte und mit einem Stück Holz, welches sie mit dem Feuer aus der einen Bronzeschale entzündet hatte, die Spur aus Ethanol in Brand zu setzen. Das Feuer eilte die Linien des Pentagramms entlang und die Flammen schossen hoch in den Himmel, als es komplett war. Über das züngelnde Feuer blickte Kira zu Sira hinüber.

Diese hatte die Augen geschlossen, ihre Gestalt verschwamm in der aufgeheizten Luft, Kira war von der Hitze seltsamerweise ausgeschlossen. Mit gesenkten Lidern und auf den Text in dem alten Buch konzentriert, rezitierte Sira mit monotoner

Singsangstimme die Beschwörung. Kira konnte sich jedoch nicht darauf konzentrieren, denn ihr schossen die unterschiedlichsten Gedanken durch den Kopf. Um sich selber mehr Sicherheit zu geben, hielt sie nach ihrem Vertrauten Ausschau.

Der kleine Feuersalamander saß direkt neben der Bronzeschale mit dem kleineren Feuer darin. Da es an der Spitze des Pentagramms stand, musste Kira durch die hohe Wand aus Flammen, die sie in einem Fünfeck einschloss, blicken. Sie konnte nur einen diffusen unförmigen dunklen Fleck ausmachen. Dennoch konnte sie spüren, dass er dort saß und sie nicht einen Augenblick aus den Augen ließ. Das gab ihr genügend Sicherheit, um tief durchzuatmen und die Augen zu schließen. Sie durfte sie erst wieder öffnen, sobald der Zauber zu Ende gesprochen war.

Zunächst war Kira sich nicht sicher, ob sie diesen Moment erkennen würde, doch das war nicht schwer. Eine innere Wärme breitete sich in ihr aus und bahnte sich einen Weg nach draußen. Sie streckte instinktiv die Arme aus und die Hitze entfloh durch ihre Finger. Erschöpft sank Kira zu Boden und blinzelte. Die Flammenwände um sie herum schossen empor und waren nun gute zwei Meter hoch, dann wurden sie stetig kleiner. Die Spitze mit der Feuerschale hatte noch kleine Flammen, während alle anderen bereits erloschen waren, doch dann verschwanden auch sie. Kira sah sich einen Moment um. Das Feuer war weg! Aber das konnte nicht sein!

War etwas schief gegangen? Hatte sie die Augen womöglich zu früh geöffnet? Hatte die Zeremonie nicht funktioniert, weil sie das falsche Alter hatte? Was war passiert?

„Sergé?“, fragte sie ängstlich und blickte in die rubinfarbenen Augen ihres Vertrauten. Der kleine

Feuersalamander erhob sich und wollte zu ihr laufen, um bei ihr zu sein, doch Sira rief ihn scharf zurück.

„Nicht!"

Sergé schreckte zusammen, denn als er die Schnur, bei dem Versuch zu Kira zu gelangen, streifte, ging diese mit einem Mal in Flammen auf.

„Der Zauber braucht für das Geistelement ein wenig länger", erklärte Sira und nickte zufrieden. Die Schnur stand rundherum in bläulichen Flammen und es hatte eine geisterhafte Wirkung. Kira blickte um sich, es umgab sie ein Kreis aus blauen Flammen, die sich allmählich lila verfärbten.

Damit war bewiesen, dass sie tatsächlich die Trägerin dieses besonderen und einzigartigen Elements war, doch sie fühlte sich alles andere als besonders damit. Sie war am Boden zerstört, denn jetzt hatte sie im Grunde keine Möglichkeit mehr den fünf Hexen zu entkommen. Sie war das, was sie suchten, was sie brauchten, damit war ihr Schicksal besiegelt. Entweder tat sie doch, was diese fünf von ihr wollten oder sie würde ihr Leben lang auf der Flucht sein. Wenn sie es überhaupt schaffte, sich so lange zu verstecken.

„Kira", flüsterte Sergé leise, denn er wusste, was in diesem Moment in ihr vorging. Sie schenkte ihm ein halbes Lächeln, dabei verschwammen seine Umrisse vor ihren von Tränen verschleierten Augen.

Mit diesem Ergebnis hatte sie soeben ihre Freiheit verloren, und zwar endgültig.

„Kommt, lasst uns reingehen und eine Kleinigkeit essen", meinte Sira irgendwann mit gedämpfter Stimme. Das lilafarbene Feuer brannte noch immer und Kira hatte sich keinen Millimeter bewegt. Sie hatte einfach nur vollkommen geschockt dagestanden und es schlicht nicht fassen können. Erst als Sira freundlich eine Hand nach ihr ausstreckte, schaffte sie es endlich, die notdürftige Kraft aufzuwenden, um den Stern zu verlassen.

In dem Moment, in dem Kira einen Schritt außerhalb der Linien des Pentagramms tat, erloschen die Flammen, als ob sie die ganze Zeit über nur durch ihre Anwesenheit gebrannt hätten.

„Schon gut. Wir gehen rein und ich mache dir einen Beruhigungstee, in Ordnung?“ Sira hatte mütterlich einen Arm um sie gelegt und führte sie nun in Richtung Haus. Kira brachte nur ein schwaches Nicken zustande. Sergé lief hinter ihnen her und kam erst dazu in der Küche an Kira hinaufzuklettern und sich vertraulich um ihren Nacken zu legen, nachdem Sira ihren Arm von dem Mädchen gelöst hatte.

Abwesend, aber dankbar strich Kira ihm über den dreieckigen Kopf. Er schmiegte sich tröstend gegen ihre Hand und schlang dann vorne den Schwanz um ihren Hals, was einer Umarmung sehr nahe kam. Sie konnte sich nicht erinnern, wann er sie das letzte Mal so liebe- und verständnisvoll behandelt hatte. War das überhaupt schon einmal vorgekommen?

„Geht ihr beiden doch ins Wohnzimmer und setzt euch auf das Sofa. Dort ist es gemütlicher“, schlug Sira mit einem kleinen Lächeln vor.

„In Ordnung“, antwortete Kira tonlos und setzte sich in Bewegung.

„Möchte dein Vertrauter eventuell auch eine Kleinigkeit?“, fragte Sira, der nicht entgangen war, dass der kleine Feuersalamander bisher weder etwas gegessen noch getrunken hatte.

Kira neigte sich fragend in seine Richtung, doch er flüsterte nur ein angewidertes Nein in ihr Ohr. Sie übersetzte das mit einem Kopfschütteln und schlich dann weiter ins Wohnzimmer, wo sie sich vollkommen kraftlos auf das Sofa fallen ließ. Am liebsten hätte sie verzweifelt das Gesicht in den Händen vergraben. Zu wissen, dass sie tatsächlich die Trägerin des Geistelementes war, war viel schlimmer, als sie es sich hätte vorstellen können.

„Es wird alles gut“, sprach Sergé ihr ins Ohr und schmiegte seinen warmen Körper an ihren Hals. Einzig seine zuversichtlich klingenden Worte hielten sie noch aufrecht.

„Danke“, hauchte Kira wenig später leise in die heiße Tasse Tee, welche sie gerade zu ihren Lippen führte. Sira hatte ihr gegenüber Platz genommen, während Kira kleine Schlucke des wohlduftenden Getränks zu sich nahm.

Es wärmte sie angenehm von innen, obwohl ihr eigentlich gar nicht kalt war. Dennoch vermochte es, das Leeregefühl in ihrem Inneren zu vertreiben und zu ersetzen.

„Besser?“, fragte Sira mitfühlend. Kira nickte mit einem beschämten Lächeln und stellte die leere Tasse auf dem hölzernen Wohnzimmertisch vor sich ab.

„Komm her“, sagte Sira, die fühlte, dass Kira immer noch unter dem Ergebnis der Zeremonie litt. Kira ließ sich nur allzu gerne von der anderen Hexe in den Arm nehmen und sich beruhigend über den Rücken streicheln. Sergé, dem es dabei zu eng wurde, verzog sich mit verkniffenem Gesicht in das Kaminfeuer, welches seit dem Morgen brannte.

Kira hatte es sich inzwischen mit ihrem Kopf auf Siras Schoß bequem gemacht und genoss die liebevolle Berührung. Zarte Finger strichen sanft durch ihr Haar und beruhigend gemurmelte Worte ließen sie ihre Augen schließen. Tiefe Atemzüge hoben und senkten ihre Brust, während ihre Gedanken auf Wanderschaft gingen und ihr Bewusstsein langsam davon driftete.

Kapitel 15

Verrat

Dieses Mal hatte Sergé sich keine Gedanken gemacht, als Kira schläfrig wurde und auf Siras Schoß ins Reich der Träume abdriftete. Hätte er bloß seine Achtsamkeit nicht heruntergeschraubt. In dem Augenblick, in dem Kira vollkommen weggedämmert war, blickte Sira direkt ins Feuer. Er hatte geglaubt, hier in mitten der Flammen wäre er sicher und von ihr würde keine Gefahr mehr ausgehen. In dem Punkt hatte er sich allerdings geirrt. Sergé schreckte zurück, als ihre kalten blauen Augen die seinen trafen. Ein fieses Grinsen breitete sich auf Siras Gesicht aus, sodass es ihm trotz des heißen Feuers eiskalt den Rücken hinab lief.

Sie schubste Kira vom Sofa herunter. Die landete mit einem dumpfen Aufschlag auf dem Boden, doch rührte sich trotz verdrehter Glieder kein Stück. Sergé hatte aber bereits gewusst, dass Kira nicht ganz normal eingeschlafen war. Sie war betäubt worden.

„Schläft", kommentierte Sira ihre Aktion, mit der sie genau das erreichte, was sie geplant hatte. Sergé schoss aus dem Feuer angriffslustig auf sie zu.

„Zu spät, mein Kleiner", kommentierte Sira seinen Versuch, sie zu erreichen. Ein Schatten löste sich von der Wand. Eines der Bücherregale war zur Seite geschwungen und vier Hexen betraten den Raum.

„Komm her, du!", zischte die Hexe, welche vorangegangen war, boshaft und griff nach dem Feuersalamander.

Der wand sich herum und spie einen Flammenstrom auf

die Hand seines Angreifers.

„Haha, Feuer kann mir nicht allzu viel anhaben. Ich beherrsche dieses Element nun schon so lange." Die runzelige Hand zierte lediglich eine dünne Schicht aus Ruß, dabei müsste die Haut rot und mit Blasen übersät sein.

Als sie den Feuersalamander am Schwanz zu packen bekam, setzte er seine natürliche Waffe ein. Fieses gelbes Sekret trat aus seiner Haut aus. Kreischend ließ die Hexe den Kleinen wieder fallen.

„Was zum Teufel?" Sie blickte auf ihre Hand, die endlich die gewünschte Reizung aufwies. Doch damit war Sergé noch lange nicht in Sicherheit.

„So alt und trotzdem so ungeschickt", war Siras herablassender Kommentar. Als sie nach dem Salamander griff, öffnete sie den Beutel an ihrer Hüfte und eine schützende Wasserschicht umhüllte ihre Hände. Sergé wand sich vergeblich in ihrem Griff. Das Wasser war auf seinen Körper übergegangen und schloss ihn in eine große Blase ein. Dabei wurde das Sekret einfach von seiner Haut gewaschen und verlor so jede Wirkung.

Sira betrachtete den kämpfenden Feuersalamander mit einem schiefen Grinsen.

„Du konntest mich von Anfang an nicht leiden. Tja, deine kleine Hexe muss noch lernen, besser auf ihren Vertrauten zu hören. Dann wäre euch das hier eventuell erspart geblieben."

Sergé riss wütend das Maul auf. Das Wasser drang augenblicklich in seine Lungen. Die letzten Luftblasen entwichen seinem Rachen, seine Augen hatte er angsterfüllt aufgerissen. Dann erschlaffte sein Körper, der Kopf fiel nach vorne und er rührte sich nicht mehr.

„Willst du ihn aus Rache jetzt umbringen?", mischte sich die Hexe mit den kurzen roten Haaren ein. „Wir brauchen ihn noch, also tu mir den Gefallen und ertränke ihn nicht."

Gjinas Stimme war ruhig, ihr Blick kalt. Sie hatte kein Mitleid mit dem kleinen Tier, sondern fürchtete lediglich, dass es ihren Plänen nicht zuträglich wäre, wenn Sira Sergé aus Versehen umbrachte. Die betrachtete das Wesen in der Blase noch einen Augenblick, dann floss das Wasser von seinem Körper und platschte auf den Boden.

„Schon gut. Ich bin mir dessen durchaus bewusst", antwortete sie mit einem pikierten Seitenblick. Es schien so, als ob sie absichtlich noch einige Sekunden länger gewartet hätte, nur damit es nicht danach aussah, als würde sie dem Wunsch der anderen augenblicklich nachkommen.

„Dann ist ja alles in Ordnung. Und lass diese Spiele", fügte Gjina noch einmal mit leicht drohender Stimme hinzu, bevor sie sich abwandte. „Lass sie uns zu dem Ort bringen. Wir sind gut in der Zeit, noch zwei Tage, dann ist es endlich so weit."

Die Prozedur setzte sich in Bewegung. Kiras Körper schwebte dabei getragen von der Luft gut zwei Meter über der Erde hinter ihnen her, während Sira den kleinen Feuersalamander in ihren Armen gebettet hatte und mit einem nicht zu deutenden Grinsen immer wieder über seinen Rücken strich.

Sergé kam als Erster wieder zu sich. Was auch immer diese böse Hexe Kira eingeflößt hatte, es ließ sie weiterhin bewusstlos sein. Der kleine Feuersalamander sah sich benommen um. Es dauerte eine Weile, bis er erkannte, wo er sich befand und seine Umgebung wahrnahm. Um ihn herum erhoben sich dunkle Wände. Das raue Gestein und die vielen großen Blöcke sahen aus, als ob sie sich irgendwo im Inneren eines Berges oder einer Höhle befanden.

Sobald er sich wieder bewegen konnte, kroch er zu Kira hinüber. Sie lag einfach nur da, ganz bleich und wie tot. Zaghaft stupste er ihre Wange an. Sie war kalt, doch er konnte sie atmen sehen. Es wäre auch unlogisch gewesen, wenn die Hexen diesen großen Aufwand betrieben hätten, nur um sie dann doch umzubringen. Außerdem gäbe es ihn dann nicht mehr. Die Vertrauten starben zusammen mit ihren Beschwörern.

Für einige Minuten legte er sich auf Kiras Brust und versuchte ein wenig seiner Wärme in ihren Körper fließen zu lassen. Dabei spürte er das langsame, doch stetige Schlagen ihres Herzens.

Sergé fixierte die Gitterstäbe, die die einzige Öffnung des kreisförmigen Gefängnisses versperrten. Er war schlank genug, um mühelos dort hindurch zu schlümpfen. Hatten die Hexen das nicht bedacht? Andererseits, was brachte es ihm, wenn er frei käme? Kira würde er zurücklassen müssen. Gerade jetzt konnte er zwar ohnehin nichts für sie tun, doch würde er es über sich bringen, sie alleine zurückzulassen? Wenn auch bloß für kurz? Was, wenn sie aufwachte und er nicht bei ihr war?

Unsicher schwang er den Kopf von der einen zur anderen Seite. Bemühte sich darum, die Vor- und Nachteile möglichst emotionslos gegeneinander abzuwägen. Letztendlich entschied er sich dafür, dass es wichtiger war, so viel wie möglich in Erfahrung zu bringen. Sie waren hier gefangen, wussten aber weder wo, noch was ihnen weiter bevorstand.

Sie brauchten die Informationen, um zumindest eine winzige Chance zu haben, mit heiler Haut aus diesem Geschehen herauszukommen.

Also rappelte er sich auf und huschte lautlos über

den feuchten Boden. An den metallenen Gitterstäben angekommen, prüfte er zunächst vorsichtig, ob nicht eventuell ein Zauber ihn aufhalten würde. Doch er konnte keine magische Spannung in der Luft spüren. Kira hingegen umgab immer noch ein Hauch davon.

Ein letzter Blick zurück, dann schlich er sich vor. Seinem Instinkt folgend wandte er sich nach links. Sergé erklomm die riffelige Steinwand und kletterte an den rauen Steinen entlang. Dort hätte er eine bessere Möglichkeit sich im Ernstfall zu verstecken. Am Boden würde man ihn viel früher entdecken und das konnte er sich nicht erlauben.

Er fühlte den harten Fels unter seinen Pfoten und spürte das Vibrieren der Luft. Irgendwo waren Stimmen und Magie. Er war also auf dem richtigen Weg.

Der Tunnel machte eine leichte rechts Kurve und dann fiel Licht in die Dunkelheit. Sergé brauchte es nicht, er hatte auch ohne gut sehen können, doch es verriet ihm, dass er am Ausgang angelangt war. Noch mehr als vorher darauf bedacht, keine verräterischen Geräusche zu verursachen, kletterte er weiter.

Es waren noch gute vier Meter, bis sich das Loch im Felsen zu einer weiten Ebene öffnete. Hastig brachte er die letzten Zentimeter hinter sich und hielt am Rand der Höhle an.Sergé warf einen vorsichtigen Blick nach draußen. Der Mond war gerade aufgegangen und tauchte die Landschaft in seinen silberweißen Schein. Zusätzlich brannten hohe Fackeln, die das Geschehen in ein unwirkliches Licht hüllten.

Drei dunkle Gestalten gingen zwischen den Flammen umher. Sie schienen irgendetwas vorzubereiten. Erdmagie ließ den Boden erzittern. Erschrocken zog er sich zurück, doch es passierte nichts weiter. Sergé wagte es jedoch nicht, sich näher heranzuschleichen. Deswegen beschloss er zurückzugehen. Gerade als er sich abwandte, erklang eine Stimme in der Dunkelheit. Er warf einen Blick über die Schulter. Die zwei fehlenden Hexen standen im Schatten des Höhleneingangs.

Er hatte sie nicht bemerkt!

Wie erstarrt krallte der Feuersalamander sich mit seinen Klauen in den rauen Stein und wagte kaum zu atmen. Er war sich sicher, dass sie ihn nicht entdeckt hatten und solange er sich nicht durch ein Aufleuchten seiner Muster bemerkbar machte, würde das wohl auch so bleiben. Doch was sollte er jetzt tun? Warten und schauen, ob er aus dem Gespräch den ein oder anderen Hinweis heraushörte? Oder lieber zu Kira zurückkehren, bevor die Hexen auf die Idee kamen, nach ihr zu sehen? In dem Fall würde er es wohl kaum noch rechtzeitig schaffen.

Andererseits war er ja gerade hierhergekommen, um sich Informationen zu verschaffen, er sollte diese Gelegenheit nutzen. Ein Rückzieher kam nicht in Frage.

Er sah sich noch einmal im schummrigen Licht um. Die Hexen standen auf der anderen Seite und von seinem jetzigen Standpunkt aus konnte er sie zwar hören, doch er verstand nicht, was sie sagten. Er würde also näher heran müssen. Doch einfach über den Boden zu laufen, erschien ihm viel zu riskant. Da war es geradezu vorprogrammiert, dass sie ihn entdeckten.

Ganz vorsichtig richtete Sergé den Blick schließlich nach oben. Das sollte eigentlich zu schaffen sein. Sehr umsichtig und mit viel Bedacht krabbelte er die Steinwand empor und kämpfte sich kopfüber an der Decke entlang bis zur anderen Seite. Dort verkroch er sich auf einem kleinen Vorsprung und spitze die Ohren. Siras Stimme hatte ihn vorhin erstarren lassen.

Er hatte ihr gegenüber zwar von Anfang an Misstrauen gehegt, doch letztendlich war er nicht wachsam genug gewesen. Er war nachlässig geworden, dabei hatte er sich doch geschworen Kira zu beschützen, wenn sie selbst es nicht konnte. Er hatte versagt.

Doch tief in seinem Herzen konnte selbst er es nicht glauben, dass Sira ihnen die ganze Zeit etwas vorgespielt hatte. Das viele Lächeln, die überfreundliche Stimme. Es hätte seltsam wirken müssen, wenn jemand so über die Maßen freundlich zu anderen war, doch bei ihr hatte es beinahe natürlich gewirkt. Wenn ihn diese Tatsache schon so schockierte, wie hart würde es dann erst Kira treffen? Seine kleine Hexe würde daran zerbrechen. Doch sie hatten nicht die Zeit, um das zuzulassen. Gerade in dieser aussichtslosen Situation musste Kira stark bleiben.

Er wusste, dass das viel verlangt war, deswegen wollte er sie so gut unterstützen, wie es nur ging. Und das Beste, was er jetzt tun konnte, war, ihr Antworten zu liefern. Er musste Kira zu verstehen geben, wieso das alles geschehen war. Also lauschte er konzentriert, als die beiden Hexen genau auf dieses Thema zu sprechen kamen. Er hatte Glück!

„Sag mal, Sira. Ich hätte da eine Frage, die mich schon länger beschäftigt."

„So?"

„Ja …", antwortete die andere Hexe nachdenklich. Sergé brauchte seine Zeit, bis er ein Gesicht erkannte. Die Hexe war von gewöhnlicher Statur, sie hatte lange blonde Haare, die im Mondlicht silbern wirkten. Er fand sie wunderschön, bis sie nachdenklich ihr Gesicht in seine Richtung wandte. Tiefe Falten und eine wulstige Narbe, die selbst bei dem wenigen Licht schrecklich wirkten. Ihr Haar erschien also nicht nur silbern, sondern musste es tatsächlich sein.

„Auch wenn wir den Plan mehr oder weniger kurzfristig fassten, hätte ich nie gedacht, dass er so gut funktionieren würde", sprach sie weiter und drehte den Kopf wieder ihrer Gesprächspartnerin zu.

„Du hast also an mir gezweifelt", stellte Sira fest.

„Nicht mal unbedingt an dir. Ich hätte nur gedacht, dass die kleine Hexe wesentlich schwerer dazu zu bringen sein würde, dieser Zeremonie zuzustimmen."

Sie schwiegen beide eine Weile.

„Wie hast du so schnell ihr Vertrauen gewinnen können? Nach Gjinas Fehlschlag, bei dem sie ihr derart Angst gemacht hat, hätte ich erwartet, dass das Mädchen viel misstrauischer Fremden gegenüber ist. Sie hat sich dir aber sehr schnell geöffnet." Sergé hatte dieselbe Beobachtung gemacht und hatte seine eigene Theorie aufgestellt, wie Sira das gelungen war. Etwas, wofür er Jahre gebraucht hatte.

„Oh, das war eigentlich nicht weiter schwer. Ich habe ihr lediglich einige Dinge beigebracht." Wäre Sergé eine Katze, würde sich nun sein Nackenfell sträuben. Diese abartige Lässigkeit hätte ihn beinahe dazu gebracht vor Wut mit Feuer um sich zu spucken. Doch er musste sich beherrschen und unbemerkt bleiben.

„Beigebracht?"

„Ja, ich fand heraus, was sie beschäftigt, was sie sich wünscht, brachte ihr Verständnis entgegen und die nötige Aufmerksamkeit. Es ist so einfach, wenn man erst einmal herausgefunden hat, wonach die Leute sich sehnen."

„Ich verstehe immer noch nicht." Der

Feuersalamander verstand jedoch sehr gut und es kostete ihn eine Menge Überwindung, in seinem Versteck auszuharren.

„Haha, das ist nicht weiter schlimm. Letztendlich hatte ich auch nur das Glück, dass mein Wasserelement ausgerechnet jenes war, welches im krassen Gegensatz zu dem Feuerelement ihres Vertrauten stand. Dementsprechend stand sie sich bei diesen Dingen stets selbst im Weg. Mit ein wenig meiner Hilfe, hatte sie jedoch rasch Erfolgsmomente. Etwas, nach dem sie sich jahrelang gesehnt hatte. Jetzt verstanden?"

„Ich denke schon. Du hast deine Figur sozusagen mit positiven Gefühlen verknüpft. Gerissen. Unter diesen Umständen musste sie dich ja rasch in ihr Herz schließen. Schließlich hast du sie gleich zu Beginn vor uns beschützt und gerettet."

„Das war der entscheidende Moment. Der Anfang ist immer das Schwierigste. Die erste Begegnung entscheidet meist schon alles und in diesem Punkt hatte ich großes Glück." Sira klang so furchtbar selbstgefällig, das machte Sergé rasend. Sie hatte seine Kira absichtlich getäuscht und freute sich auch noch darüber, sie derart hinters Licht geführt zu haben.

„Es war eine gute Idee, dich die ganze Arbeit machen zu lassen." Die alte Hexe schien ebenso wie Sergé genug von Siras Lobeshymnen auf sich selbst zu haben. „Natürlich hätten wir sie auch mit Gewalt einfangen können, aber das, hätte die Sache ziemlich schwierig gestaltet, was die Feststellung des Geistelementes betrifft."

„Wir hätten es auch geschafft. Immerhin werden wir es auch irgendwie schaffen, dass sie die Beschwörungsformel spricht. Aber du hast recht, es war eine gute Idee. So konnte ich zusätzlich noch einige interessante Informationen sammeln." Sergé hatte genug gehört, er war nun klar im Bilde, was Sira und ihre Motivation anging. Kira würde das nicht gefallen, doch er musste es ihr sagen. Und das möglichst, bevor die Hexen sie holen kämen. Er sollte nun also besser zurückgehen. Womöglich war Kira inzwischen sogar schon aufgewacht.

Es würde nichts bringen, noch länger hierzubleiben. Und so war er bereits dabei die Wand entlang wieder zurück in die Höhle zu klettern, als er wie versteinert innehielt. Das konnte nicht sein, er musste sich verhört haben.

„Glaubst du eigentlich auch, dass der Angriff damals auf Kiras Elternhaus ihr galt?", hatte Sira mit einem Mal das Gesprächsthema gewechselt.

„Ist das nicht egal?", fragte die andere zurück.

„Für unser weiteres Vorgehen bestimmt. Ich finde es lediglich interessant, darüber nachzudenken. Was ist, wenn schon mal jemand geplant hatte, das Jugendelixier herzustellen? Dafür hätten sie die Geistelementträgerin gebraucht. Ich finde es sehr verdächtig, dass das Haus damals angegriffen wurde."

„Kann schon sein." Die Alte klang wenig interessiert an dem Thema und Sergé hatte sich bereits wieder in Bewegung gesetzt, als sich eine weitere Hexe zu den beiden dazugesellte.

„Worüber sprecht ihr da?", mischte sich eine raue Stimme ein, die bei Sergé eine fiese Gänsehaut erzeugte.

„Wir unterhalten uns über den Vorfall von vor gut 10 Jahren. Als Kiras Eltern umkamen", gab Sira bereitwillig Auskunft.

„Du hast es ihr nicht gesagt?", stieß die Hexe mit einem heiseren Lachen aus.

„Was nicht gesagt?“

„Du bist mir ja eine, Ovia.“ Abermals erklang dieses grausige Lachen. Mittlerweile konnte er es zuordnen. Es gehörte der Hexe mit dem Feuerelement.

„Wir waren es, die damals das Haus angriffen.“

„Wie bitte?“

„Du warst damals noch nicht bei uns, Sira, aber wir anderen schon. Wir haben uns darauf konzentriert, herauszufinden, wer die Trägerin des Geistelementes ist. Frag mich nicht mehr wie, mein Gedächtnis lässt zu wünschen übrig, aber durch irgendeinen Hinweis kamen wir damals auf diese Familie. Ich meinte, wenn wir das Haus niederbrennen, würde sich, so nahe am Tode, das Element zeigen.“ Ovia sagte nichts dazu, obwohl Sergé zu gerne ihre Stellungnahme gehört hätte. „Wie du sicher weißt, ist unser Plan schief gegangen. Obwohl wir Glück hatten, dass das Ganze den Menschen zugeschrieben wurde. Danach hatten wir jedoch keine Gelegenheit mehr, an das Mädchen heranzukommen. Deswegen beschlossen wir zu warten, bis die Nächste von uns ihren 33. Geburtstag feierte. Leider verstarb Fina. Für sie bist du damals nachgerückt.“

„Wie lange dauert es noch, bis ihr mit den Vorbereitungen fertig seid?“, unterbrach Ovia die Erzählung der anderen.

Sie schien nicht erpicht darauf, etwas zu dem Gespräch beizutragen, sondern wollte anscheinend lieber das Thema wechseln.

Sergé beschloss, dass es für ihn nun an der Zeit war zu gehen. Er würde das, was er zuletzt erfahren hatte, zunächst für sich behalten. Doch über Sira würde er Kira ins Bild setzen müssen. Er freute sich nicht gerade auf dieses Gespräch, allerdings wäre es unklug gewesen, es noch weiter hinauszuschieben. Er musste sich beeilen.

Kapitel 16

Warten

„Wie konnte ich nur so blind sein?" Etwas in Kira zerbrach. Sie hatte ihr vertraut. Hatte das erste Mal seit Jahren, ohne nachzufragen, an jemanden geglaubt und demjenigen bedingungsloses Vertrauen geschenkt.

Sie war in einer finsteren Art Verlies wieder aufgewacht und hatte Sergé zitternd um eine Erklärung gebeten. Der Kleine sah beinahe noch schlimmer aus, als sie sich fühlte. Obwohl er seit seiner Eröffnung, dass Sira diejenige gewesen war, die sie hintergangen hatte, nicht mehr mit ihrem Leid mithalten konnte.

Kira konnte es nicht fassen, wie dumm sie gewesen war, dieser Fremden einfach so alles zu geben, was sie hatte. Sie hatte sich kein Stück vor ihr in Acht genommen, sondern ihr vorbehaltlos vertraut. Immer wieder warf sie sich die Dinge vor, ihre Naivität erschreckte sie. All die Jahre der Achtsamkeit schienen sie nur umso anfälliger gemacht zu haben.

Wie konnte mir das nur passieren? Ausgerechnet mir?

Leise Verzweiflung schlich sich in ihr Herz und gesellte sich zu all den anderen Gefühlen, die sich dort bereits angesammelt hatten.

„Ich Idiot!" Als sich das Gefühl der Sicherheit, welches sie in Siras Nähe stets empfunden hatte, nun als trügerisch ja sogar als gefährlich - und das nicht nur für sie, sondern auch für Sergé - herausstellte, war es wie ein Fall in ein tiefes schwarzes Loch. Kira verlor in diesem Moment den Boden unter den Füßen. Jedweder Halt kam ihr abhanden und nichts würde sie wieder auffangen können.

Nichts? Ein warmer Körper schmiegte sich an ihren

Hals.

„Nicht doch“, sprach es leise Worte in ihr Ohr. „Du warst nicht blind, sondern hilfsbedürftig. Das macht verletzlich, doch das ist nicht schlimm. Egal wer dich wie tief auch verletzen wird, ich werde immer bei dir sein, um die Schmerzen zu lindern.“

Dankbar schloss Kira die Augen und kam sich gleichzeitig so schäbig vor. Sergé hatte sich ihr Vertrauen mühsam erarbeiten müssen, doch er hatte es sich verdient. Nie hatte er sie auch nur ein einziges Mal enttäuscht, war immer an ihrer Seite, wenn sie ihn brauchte. Anfangs hatte sie ihn genauso auf Abstand gehalten, wie alle anderen. Doch über die Jahre hatte er einen Weg in ihr Herz gefunden und den würde er immer behalten. Denn es fühlte sich richtig an. Es war so, als ob er eine Leere ausfüllte, die nur er füllen konnte.

Kira legte den Kopf ein Stück zur Seite und genoss die Wärme der kleinen Echse. Vertrauen, das jemandem einfach so geschenkt wurde, war nichts wert. Das wusste sie jetzt.

Erst wenn man es sich hart erarbeitet hatte, war es von Bedeutung. Diese Erkenntnis und der Zuspruch durch Sergé schafften es, dass sie wieder aufstand und nach vorne blickte. Sie verdrängte den Schmerz über diesen Verrat nicht, wie sie es früher stets getan hatte, sondern gab einen Teil davon ab.

Sergé teilte das Gefühl mit ihr und machte es so erträglicher. Jetzt erst verstand sie, wie wichtig ein Vertrauter tatsächlich war. Er war mehr als ein magisches Spielzeug; wenn man es zuließ. Das Wort trug seine Bedeutung ja bereits in sich, doch das Offensichtliche übersah man am leichtesten.

Entschlossen blickte sie auf und holte tief Luft. Sie könnte sich jetzt in diesem finsteren Loch verkriechen und sich selbst bemitleiden oder etwas unternehmen, um das beste aus der Sache zu machen. Schließlich lernte man aus seinen Fehlern.

So etwas würde ihr mit Sicherheit nicht noch einmal passieren. Ein wenig mühsam stemmte sie sich hoch und beschloss gleichzeitig nach vorne zu blicken und nicht zurück.

„Hallo!“, rief Kira, die sich mit dem Feuersalamander um den Nacken an die Gitterstäbe gestellt hatte. Sie hatte zwar keine Ahnung, wo sie hier gelandet war, aber dank Sergé wusste sie zumindest, wer sie hierher gebracht hatte. Und was die fünf Hexen von ihr wollten, war nicht schwer zu erraten. Warum das Unvermeidliche also hinauszögern?

Sie konnte die Kälte in sich spüren, welche ihr verriet, dass ein Zauber auf ihr lag, der ihre eigene Magie unterdrückte. Diesen Zauber hatten sie ein einziges Mal im Unterricht gehabt.

Jede Schülerin war damit belegt worden, damit sie wusste, wie es sich anfühlte. Sollte man unter diesem Bann stehen, so gab es kaum eine Möglichkeit, ihn zu brechen. Die Hexe, die ihn auferlegt hat, konnte ihn entweder freiwillig aufheben, selber außer Gefecht gesetzt werden oder eine dritte konnte mit der nötigen Magie und dem erforderlichen Wissen den Zauber lösen.

Da Kira niemand Drittes zur Verfügung hatte und auch nicht wusste, wer es war, der ihre Magie unterdrückte, würde es nichts bringen, hier dumm herumzusitzen. Die einzige Möglichkeit, etwas zu erreichen, war, auf sich aufmerksam zu machen.

„Hey!“ Sie rüttelte an der verschlossenen Zellentür.

„Was machst du denn für einen Radau?“

Kira hätte sich ab liebsten auf die Zunge gebissen,

den Kopf gegen die eisigen Gitterstäbe gehämmert oder mit voller Wucht gegen einen dieser spitzen Steinbrocken getreten, die ihr Gefängnis auskleideten. Wieso? Wieso war ihre erste Empfindung, als sie die Stimme hörte, Erleichterung? Hatte ihr Herz noch nicht verstanden, dass diese Person sie verraten hatte? Sie war gerade voller Verzweiflung darüber gewesen und schaffte es trotzdem, dass ihr erster Gedanke Hoffnung war? Wie erbärmlich!

„Sira! Wieso?" Sie musste es wissen, brauchte die Antwort. Nein, sie brauchte viel mehr. Kira benötigte einen triftigen Grund, um diesen Verlust, diesen Verrat auch nur ansatzweise verarbeiten zu können. Sie musste es verstehen oder wenigstens die Möglichkeit dazu bekommen.

„Was meinst du damit?" Sira trat aus der Finsternis des dunklen Ganges hervor und musterte sie aus kalten Augen. Immerhin ließ sie sich auf ein Gespräch ein.

„Du bist noch so jung. Wieso bist du jetzt bereits so weit, dass du alles für dieses verdammte Elixier tun würdest?" Kira verstand es nicht, es war ihr schleierhaft, wie ausgerechnet Sira dermaßen danach verlangen konnte. Dabei bemühte sie sich nach Kräften den eisigen Ausdruck, der weder Freude, noch Anteilnahme zeigte, zu ignorieren.

Es war, als ob sie mit einem Mal Siras böse Zwillingsschwester vor sich hätte. Doch sie brauchte sich nichts vorzumachen. Zwillinge gab es bei Hexen nicht und wenn dann überlebte eines der beiden Babys nicht oder beides waren Jungen.

Deswegen war sich Kira mit schmerzlicher Sicherheit bewusst, dass dies dieselbe Person war, mit der sie die vergangenen Tage verbracht hatte. Die Rettung war nur eine List gewesen, das wusste sie jetzt. Sergé hatte ihr erklärt, dass die fünf Hexen sicher sein mussten, dass Kira die Trägerin des Geistelements war. Sie würde sich jedoch nie freiwillig darauf testen lassen, wenn die fünf zugegen waren. Deswegen hatte eine von ihnen ihr Vertrauen erschleichen müssen, um sie freiwillig dazu zu bewegen, diesen Test zu machen. Schlauer Schachzug.

„Aber das ist es doch gerade." Aus dem Mund der jungen Frau erklang ein helles Lachen, das eine Spur zu schrill war, um noch als angenehm durchzugehen.

„Erkläre es mir", bat Kira und lehnte sich ein Stück weiter vor.

„Oh, meine süße, unschuldige, junge, kleine Kira." Sira war bis an die Gitterstäbe herangetreten, hatte eine Hand ausgestreckt und fuhr mit dem Zeigefinger über Kiras Wange. Ein irrer Glanz lag in den hellblauen Augen.

„Du wirst es verstehen, wenn du erst in meine Lage kommst." Sie wandte sich ab, sprach jedoch weiter. „Ich war stets die Schönste, wurde von allen bewundert, verehrt. Es war eine Selbstverständlichkeit, dass mich ein jeder mochte. Und das nur wegen meines Aussehens."

Mit offenem Mund starrte Kira sie sprachlos an. Konnte es sein, dass diese Frau tatsächlich ein solches Bild von ihrer Umwelt hatte? Wie verdreht war das denn?

„Und deswegen kann ich nicht zulassen, dass ich älter werde. Ich bin nun auf der Höhe meiner Schönheit, ab jetzt wird es nur noch bergab gehen. Doch das werde ich verhindern. Still sitzen und dem Verfall zusehen? Nicht mit mir."

Kira musste langsam einsehen, dass sie sich in dieser Hexe vollkommen geirrt hatte. Wenn die Art, wie Sira nun mit ihr sprach, ihr echtes Wesen widerspiegelte, dann hatte sie sich blenden lassen.

Und das so leicht. Wie war das möglich, dass eine Person plötzlich so vollkommen anders war? Wie konnte man so krasse Wesenszüge vor anderen verbergen?

Kira verstand es nicht, es war ihr ein Rätsel. Dabei hatte sie doch jahrelange Erfahrung darin. Sie war es schließlich, die sich ihr halbes Leben vor anderen verstellt hatte. Sie war nie sie selbst gewesen, hatte ihr wahres Wesen hinter einer hohen Mauer verborgen. Nur in der Gegenwart von Sira hatte sie diese nicht gebraucht, sondern Stein für Stein abgebaut. Deswegen traf Kira diese Entwicklung nur umso härter.

Wahrscheinlich war sie so damit beschäftigt gewesen, endlich mal sie selbst zu sein, dass sie gar nicht großartig auf ihr Gegenüber geachtet hatte. Sergé hatte recht daran getan, Sira zu misstrauen. Wieso hatte sie nicht auf sein Urteilsvermögen vertraut? Weil sie immer meinte, alles besser zu wissen.

Sie kam sehr gut alleine klar und brauchte niemanden. Damit hatte sie ihm Unrecht getan und er schien es ihr nicht einmal übel zu nehmen. Sein Verständnis schmerzte viel mehr, als wenn er sie angeschrien hätte.

Dennoch. Kira war noch nicht bereit ihre „Freundin" so einfach aufzugeben, also startete sie einen letzten, verzweifelten Versuch. Irgendwie musste sie diese Hexe erreichen können.

Die gemeinsame Zeit konnte doch nicht nichts bedeuten. Sie musste zu etwas gut gewesen sein!

„Glaubst du wirklich, dass die Leute dich nur wegen deines Äußeren mochten?"

„Aber selbstverständlich, wieso denn sonst?" Sira schien die Frage tatsächlich ernst gemeint zu haben. Dabei sprach so vieles für ihr Inneres. Alles, was

Kira in den vergangenen drei Tagen an ihr kennengelernt hatte, sprach dafür, dass die Leute sie um ihretwillen mochten und nicht wegen ihres Äußeren. Diese Engstirnigkeit machte Kira wütend. Sie hatte nie gut mit anderen umgehen können und hier stand jemand vor ihr, der das perfekt beherrschte, es aber weder erkannte, noch zu würdigen wusste.

„Ich fasse es nicht! Wie kann jemand, der mir so schlaue und weise Ratschläge gab, sich in der eigenen Sache nur so absolut dämlich anstellen?" Sira schoss vor. Sie hielt mit einem Mal ein spitzes Messer in der Hand. Die Klinge war gebogen und Kira kannte diese Waffe nur vom Kräuter schneiden. Dennoch hegte sie nicht eine Sekunde Zweifel, dass die scharfe Kante auch wunderbar ihre Kehle in zwei Teile teilen würde. Sie schluckte mühsam und spürte die kühle Klinge. Mit der linken Hand hielt Sira ihren Kopf in eisernem Griff, sodass sie keine Chance hatte auszuweichen.

„Pass auf, was du sagst", zischte Sira. Ihre Gesichtszüge waren verzerrt und nicht die geringste Spur mehr hübsch.

„Sira!", erklang ein mahnender Ruf aus der Dunkelheit des Ganges. „Ihr Blut ist kostbar, vergieße es nicht schon vor der Zeremonie. Im Übrigen ist es bald so weit, du kannst sie schon herbringen."

Ein fieses Grinsen breitete sich auf dem hübschen Gesicht aus. Im selben Moment gab sie die junge Hexe frei. Man konnte sagen, was man wollte, Kira erkannte gerade in aller Deutlichkeit, dass Schönheit eben doch von innen kam. Selbst Sira mit ihrem wunderschönen Gesicht wurde zu einer fiesen Fratze, als ihr böses Inneres nach außen drängte.

Diese Überlegung war das Letzte, was Kiras Gedanken erfüllte, bevor sie das Gefühl hatte, ihr hätte jemand mit voller Wucht einen Stein gegen den Hinterkopf geschlagen. Bewusstlos sank sie zu Boden. Sie spürte nicht, wie Sergé in einer Blase aus Wasser von ihrer Schulter gerissen wurde. Auch seinen verzweifelten Schrei vernahm sie nicht mehr.

Kapitel 17

Das Jugendelixier

Das Erste, was Kira wahrnahm, war ein furchtbarer Schmerz, der sie beinahe ihr, gerade zurückerlangtes Bewusstsein kostete.

Er schoss durch ihren Körper und tauchte alles in lodernde Flammen. Sie brannte, der Schmerz beherrschte sie voll und ganz. Um dem zu entkommen, blieb ihr nur die Bewusstlosigkeit, einfach loslassen. Doch sie wusste nicht, was dann mit ihr geschah. Diesen Kontrollverlust durfte sie sich nicht erlauben. Und so kämpfte sie gegen die Schwäche an und bemühte sich stattdessen darum, die Augen zu öffnen.

Ein Spalt Licht drang zwischen ihren Lidern hindurch, doch zu mehr war sie nicht fähig. Kira musste ein Stöhnen unterdrücken, als eine erneute Schmerzwelle über sie hinweg rollte. Das alles war kaum zu ertragen und Tränen stiegen in ihr hoch.

Diese kämpfte sie jedoch ebenso nieder wie die Schreie. Weinen würde ihr nicht helfen, dies hier zu überstehen. Sie musste stark sein. Wie selbstverständlich tastete ihr Inneres nach Sergé.

Er war ihr Vertrauter, gab ihr Kraft und teilte die Schwäche mit ihr. Doch sie konnte ihn nicht spüren. Wahrscheinlich war er ebenfalls außer Gefecht gesetzt, weswegen die Schmerzen so unerträglich waren. Außerdem war ihre Magie nach wie vor unterdrückt.

Kira war verzweifelt darum bemüht sich zu erinnern, was passiert war.

Diese komischen Hexen waren gekommen, weil die Zeit

so weit war. Sira hatte ihr so einen merkwürdigen Blick zugeworfen, doch das Bild verschwamm in ihren Erinnerungen. Danach war alles schwarz geworden. Kira hatte einmal von solch einem Zauber gelesen, doch er war verboten. Jemandem das Bewusstsein zu rauben war ein schwerwiegendes Verbrechen. Schon die Magie einer anderen Hexe zu unterdrücken, war grenzwertig.

Doch um derlei Kleinigkeiten kümmerten die fünf sich mit Sicherheit nicht. Kaum zu glauben, dass sie zwischenzeitlich tatsächlich geglaubt hatte, dass die Hexen gar nicht böse waren, sondern nur etwas hatten, wofür es sich zu leben lohnte und was ihr fehlte. Man hätte fast darüber lachen können. So absurd wie das Ganze gerade wirkte, war es beinahe komisch.

Eine weitere Schmerzwelle richtete Kiras Gedanken wieder auf die Gegenwart und damit dringlichere Probleme. Ein magischer Bewusstseinsverlust hatte offenbar so einige Nebenwirkungen, die nicht im Buch beschrieben worden waren.

„Es ist alles vorbereitet, sollte sie nicht langsam mal aufwachen?", schwebte eine leise Stimme an Kiras Ohr.

Es musste eine der fünf Hexen sein. Verdammt, sie kannte nicht einmal die Namen ihrer Angreiferinnen. Nur den von Gjina und Sira natürlich. Und prompt erklang Siras Stimme: „Ich habe sie künstlich wieder zurückgeholt, das wird ihr Körper nicht so einfach hinnehmen, also habt ein bisschen Geduld."

Na, wunderbar. Da war die Antwort auf die Frage, wieso es ihr so dreckig ging. Nicht einmal selbstständig aufwachen konnte man. Hier wurde alles mit Gewalt erzwungen.

„Ich entnehme ihr trotzdem schon mal ein wenig Blut." Ein scharfer Schmerz fuhr durch die Dunkelheit, die Kira nach wie vor einhüllte. Sie keuchte vor Überraschung und riss die Augen auf. Gleißend weißes Licht begrüßte sie, welches sie blind machte.

„Geht doch", kommentierte Sira trocken.

„Schmiert es euch auf die Stirn", erklang die Stimme von zuvor. Ihre Besitzerin musste Kira mit einem Dolch oder etwas ähnlich Scharfem in den Arm geschnitten haben.

„Dann können wir jetzt ja beginnen." Das war die Hexe, die Sira Bescheid gegeben hatte, dass es soweit war.

Kira lag währenddessen ausgestreckt da und blinzelte in den Himmel. Ja, sie befand sich tatsächlich unter freiem Himmel, womit sie am allerwenigsten gerechnet hätte. Die Sterne funkelten so wunderschön wie nie zuvor auf sie hinab. Ihnen war es gleichgültig, was für Schmerzen Kira hier unten erleiden musste. Sie würden deswegen nicht weniger schön leuchten.

Tränen der Wut und der Hilflosigkeit sammelten sich in ihren Augen, doch sie weigerte sich auch weiterhin, zu weinen. Nach wie vor war sie der Ansicht, dass es sowieso nichts bringen würde. Außerdem würde sie sich diese Blöße vor den anderen Hexen nicht geben. Niemals!

Kira sah sich im Kreis um. Sie lag in der Mitte eines weiteren Pentagramms, es war in den Stein geritzt worden. Ihre Hände und Füße waren mit Seilen an den Boden gefesselt. An jedem der fünf Zacken stand eine Hexe, jede von ihnen war mit ihrem Blut auf der Stirn verziert worden.

Es war ohne Zweifel klar, dass es nicht mehr lange dauern würde, bis der große Zauber losging. Ihr Arm pochte schmerzhaft. Irgendetwas fehlte jedoch. Kira warf einen erneuten Blick in die Runde, alle Augen waren auf sie gerichtet. Doch das waren alles menschliche Augen.

„Wo …" Ihre Stimme war kratzig und rau und das Sprechen bereitete ihr weitere Kopfschmerzen. „Wo sind eure Vertrauten?"

„Wir alle haben unsere Vertrauten eingebüßt, als wir uns der Suche nach dem Elixier verschrieben. Es wundert mich, dass dir das Fehlen nicht schon vorher aufgefallen ist", antwortete Gjina mit ernstem Blick. Kiras Blick glitt zu Sira hinüber, die sie nur feixend betrachtete. In diesem Moment hätte Kira sich selbst ohrfeigen können.

Die Katze war mit Sicherheit eine ganz normale Katze gewesen. Sie hatte durch den Angriff einfach viel zu viel in ihrem Kopf gehabt, sodass ihr diese Kleinigkeit tatsächlich entgangen war, wobei das gar keine solche Kleinigkeit war!

Die Vertrauten von erwachsenen Hexen hielten sich oftmals nicht in der unmittelbaren Umgebung auf, das schon. Die Füchsin ihrer Mutter zum Beispiel hatte manchmal ganze Tage im angrenzenden Wald verbracht. Sobald die Ausbildung - insofern man es denn so nennen konnte - zur Hexe abgeschlossen war, suchten die Vertrauten nicht selten nach Zerstreuung. Die Hexen brauchten sie für Rituale und spezielle Zauber, aber wenn sie ein Zuhause hatten und nicht umherzogen, dann gab es manchmal keinen Grund, wieso der Vertraute sich in unmittelbarer Nähe zu seiner Hexe befinden musste und sie gingen ihrer eigenen Wege.

Doch Sira hatte die Zeremonie ohne Vertrauten durchgeführt! Wie hatte ihr das nur entgehen können? Sie hätte es bemerken müssen!

„Warum tust du das?"

„Ich sagte dir doch, dass es Dinge gibt, die es

wert sind, unterstützt zu werden. Nun, ich bin der Ansicht, dass wir Hexen schon zu lange unter den Unruhen gelitten haben. Die Menschen sind der Ansicht, dass sie uns bekämpfen müssen. Doch was passiert, wenn wir ihnen überlegen sind?“

„Aber sind wir das nicht schon?“ Kira verstand diese verdrehte Logik nicht, sie bereitete ihr zusätzliches Kopfzerbrechen. Außerdem hatte sie in der Höhle doch noch einen ganz anderen Grund angeführt. Wem spielte sie jetzt etwas vor und was war die Wahrheit?

„Das stimmt.“ Eine Hexe mit kurzen roten Haaren trat vor; Gjina. Wenigstens besaß ihre Stimme keinen Gänsehaut erzeugenden Unterton, als sie weitersprach. „Aber wir sind dennoch sterblich. Unser Leben ist vorherbestimmt. Diese sogenannten Schnapszahlen haben uns verflucht. Mit 11 der Vertraute, mit 22 das Element, mit 33 der besondere Zauber, mit 44 die Auflösung der Magie und mit 55 entweder der Tod oder das Leben als Mensch. Ich will aber nicht zu einem mickrigen Menschen werden. Mit dem Elixier der Jugend könnte man diesen Teufelskreis endlich durchbrechen. Dafür lohnt es sich, Dinge zu opfern.“

Kira hielt erschrocken den Atem an. Bisher hatte sie im Unterricht nur erfahren, was bis zu ihrem dreiunddreißigsten Geburtstag passierte, aber sie hatte nicht gewusst, dass es noch darüber hinausging. Zitternd holte sie langsam Luft.

Erstaunlicherweise konnte sie mit diesem Wissen besser leben als mit Siras erster Ausrede. Es kam ihr beinahe so vor, als ob Sira ihr absichtlich etwas so Falsches vorgelogen hatte, damit sie sie hasste. Der Hass war schon längst verschwunden, übrig geblieben war bloß die Hilflosigkeit des Ausgeliefertseins. Sie hatte gar keine Wahl. Sie musste sich ihrem Schicksal ergeben und es annehmen.

Kira hatte längst erkannt, dass diese Hexen sich nicht von ihrem Plan abhalten ließen. Am Beste wäre es, sich einfach ihrem Schicksal zu fügen, und was war schon dabei? Es war ja nicht so, dass sie eine Massenvernichtungswaffe erschufen.

„In Ordnung. Was soll ich tun?"

„Sterben", war die schlichte Antwort.

„Tabea!", kam es protestierend von den anderen.

Die Einfachheit der Worte sagte nichts darüber aus, welche Wirkung sie auf Kira hatten. Fassungslos blickte sie in die Runde.

„Wie bitte?!", schrie sie.

„Es ist ganz einfach. Wir brauchen das Elixier des Lebens, das Leben vieler. Da du das Element des Geistes beherbergst, wohnt deinem Körper die Kraft vieler tausender Seelen inne. Dein Blut ist so voller Leben. Doch damit diese Energie hineinfließen kann, musst du dich aufgeben. Erst wenn du nicht mehr bist, wird die Macht frei gesetzt."

„Das ist ein Scherz, oder?" Kiras ängstliche Augen suchten die von Sira. Sie hatte erwartet, dass ihre ehemalige Freundin angesichts dieses Geständnisses beschämt zur Seite blicken würde, dass sie Bedauern sehen würde. Doch nichts dergleichen, sie sah nur eiskalte Präzision. Sie hatte das alles genau so geplant. In diesem Moment tröpfelte die Erkenntnis in ihren benebelten Kopf. Das mit der rettet-die-Hexen-Aktion war gelogen. Natürlich! Sie hätte es gewusst, wenn es so wäre. Jeder wüsste davon! Das war absoluter Schwachsinn, doch in ihrem momentanen Zustand hatte sie es nur allzu leicht geglaubt. Wenn Sira nicht gewesen wäre …

„Für das größere Wohl müssen immer Opfer gebracht werden. Bedenke doch nur, wie viele Leben du mit deinem Ableben verbessern kannst", sprach diese gerade auf Kira ein, doch die ließ sich nicht länger von ihren sanften Worten einlullen.

Das war alles gelogen!

„Vergesst es!" Kira zerrte verzweifelt an ihren Fesseln und spuckte Sira ins Gesicht, die vertrauensvoll an sie herangetreten war. Sie hatte die Nase gestrichen voll davon die ganze Zeit hinters Licht geführt zu werden. Nie war jemand ehrlich zu ihr und jetzt sollte sie auch noch sterben? Soweit kam es noch. Das war absoluter Schwachsinn! Da würde sie nicht mitspielen!

Wenn diese Hexen glaubten, sie würde sich selber opfern, wenn sie ihr so eine „Herz erwärmende" Geschichte erzählten, dann hatten sie sich aber geschnitten!

Die können mich mal!

„Du weißt, dass wir sowieso bekommen, was wir wollen, oder?" Eine der Hexen, die ihre Kapuze soweit ins Gesicht gezogen hatte, dass Kira lediglich ihren Mund sah, trat vor. Die ausgestreckte Hand wies nur wenige Falten auf.

Dennoch verbarg sie sich, so gut es ging vor den Blicken der anderen. Sie sprach mit einer Stimme, die kratzig klang. Kannte sie die Stimme? Ach, das war jene aus dem Verlies.

„Wir können dich mit Leichtigkeit töten, doch für die Zeremonie brauchen wir dein Mitwirken", erklärte sie. Kira funkelte sie nur hasserfüllt an. *Das können diese alten Schachteln ja sowas von vergessen!*

„Wir haben uns schon gedacht, dass du so reagieren würdest, deswegen habe ich mir auch einen Plan B überlegt." Sira schnippte mit den Fingern und eine blaue Kugel aus Wasser schwebte herbei. In ihrem

Inneren lag ein kleines Wesen. Kira musste einige Male blinzeln, bevor sie erkannte, dass es sich dabei um ihren Vertrauten handelte.

„Sergé", hauchte sie fassungslos.

„In der Tat", bestätigte Sira mit einem gemeinen Grinsen. „Mir ist nicht entgangen, wie vertraut du mit ihm bist. Er bedeutet dir etwas und nach dem, was in dem Buch stand, ist das auch kein Wunder. Er ist deine verwandte Seele und somit dein Schwachpunkt. Ich bin mir sicher, dass wir dich mit ihm dazu kriegen, zu tun, was wir wollen."

Kira schüttelte hilflos den Kopf. Sie wollte das nicht, aber sie hatte keine Möglichkeit diese Dinge aufzuhalten, wenn sie nicht bereit war zu sterben.

„Nein? Na, also schön, dann braucht es scheinbar noch ein bisschen Überzeugungsarbeit."

Die Wasserblase löste sich auf und der kleine Feuersalamander klatschte mit dem Wasser zusammen achtlos auf den Boden.

„Vorsicht!", schrie Kira, doch niemanden schien es zu kümmern. Siras Lippen umspielte sogar ein leichtes Lächeln, weil sie sich durch die Reaktion in ihrer Annahme bestätigt fühlte.

„Dann wollen wir mal." Eine runzelige Hexe mit unzähligen Falten im Gesicht trat mit einem diebischen Grinsen vor, das war diese Tabea.

War sie tatsächlich so alt, wie sie aussah? Sie griff nach einem spitzen Dolch. Die Waffe war schmucklos und hatte nichts mit der vorbereiteten Zeremonie zu tun. Die Alte beugte sich schwerfällig vor und griff nach dem hilflosen Geschöpf auf dem Boden.

„Eigentlich schade, dass er nicht bei Bewusstsein ist, aber das würde uns zu viel Zeit und Magie kosten, also muss es auch ohne seine Schreie gehen."

„Vielleicht wacht er ja davon auf", kicherte Gjina gehässig. In Kiras Kopf drehte sich alles, sie konnte die Hexen kaum noch auseinanderhalten. Ihre Konzentration galt Sergé und die Umgebung vermischte sich in einen Strudel aus bunten Farben. Ein Mund am Rande eines dunklen Kapuzenschattens verzog sich zu einem gemeinen Grinsen, als die scharfe Klinge sich auf den kleinen Körper herabsenkte.

„Nicht!", keuchte Kira vor Entsetzen, als ihr endlich bewusst wurde, was sie vorhatte. Das konnte doch nicht ihr ernst sein!

„Nur, wenn du uns hilfst."

Kira biss sich schmerzhaft auf die Lippen, sie fühlte die feine Haut und das heiße Blut darunter. Doch sie war noch nicht bereit, ihnen zu geben, was sie haben wollten; ihr Leben.

„Dann nicht." Die Stimme klang beinahe bedauernd, aber sie genoss es, die Möglichkeit zu haben, den kleinen Feuersalamander foltern zu können. Sie hielt den winzig wirkenden Körper in der einen Hand und fuhr mit dem Messer in der anderen beinahe sanft über die schwarze Haut der Echse. Sergé zuckte kurz zusammen und augenblicklich quoll Blut aus der Schnittwunde.

„Soll ich weitermachen?"

Kira schüttelte stumm den Kopf, doch niemand hörte ihr zu, solange sie nicht die richtige Antwort gab.

„Schneiden wir doch ein schönes K hinein, dann weiß er für immer, wem er es zu verdanken hat." Das Messer wurde neu angesetzt und ein zweiter, schneller Schnitt klaffte auf. Dieses Mal riss der Feuersalamander die Augen auf und schrie vor Schmerzen.

„Hört auf!"

„Falsche Antwort." Die Hexe schien richtiggehend

auf den Geschmack gekommen zu sein und mit einer flinken Bewegung hatte sie auch schon den dritten Schnitt gesetzt. Sergé schrie abermals und bäumte sich auf, doch er schien zu schwach zu sein und fiel im nächsten Moment in sich zusammen.

„Schade, dabei hat es gerade so viel Spaß gemacht." Die Hexe schüttelte das Tier hin und her, doch es zeigte kein Lebenszeichen. „Na ja, was soll's. Ich kann ja noch den Rest deines Namens in seine Haut ritzen. Dabei wird er mit Sicherheit noch einmal aufwachen."

Diese Vorstellung schien ihr ein diebisches Vergnügen zu bereiten und vor lauter Vorfreude glucksend hob sie das Messer.

„Nein!", schrie Kira verzweifelte und riss an ihren Fesseln. Sie würde es nicht länger zulassen. Sie hatte bereits bei jedem einzelnen Schnitt höllische Qualen erleiden müssen und diese sadistischen Hexen würden erst aufhören, wenn er nicht mehr atmete und vielleicht würde die Verrückte selbst dann nicht von ihm ablassen.

Die neuen Schmerzen auf ihrer Haut, verursacht durch die rauen Seile, nahm Kira gar nicht wahr, während sie sich aufbäumte und schrie.

Alles, was sie wollte, war, dass sie ihn in Ruhe ließen. In diesem Moment wurde Kira bewusst, dass er alles für sie war. Sergé war nicht nur ihr Vertrauter, sondern auch Freund, Familie und … Was? Was noch? Doch sie konnte sich auf diesen Gedanken nicht länger konzentrieren, denn die scharfe Klinge fuhr erneut über seine empfindliche Haut und sie konnte den Schmerz auf ihrer eigenen spüren.

„Lasst ihn in Ruhe! Bitte!" Sie warf sich ihnen entgegen, flehte sie an. Sie sollten aufhören. „Ich tue alles!"

Ein Raunen ging durch die Reihe der fünf Hexen.

„Wirklich?"

„Ja", schluchzte Kira und erstickte beinahe an diesem einen Wort, doch sie konnte es nicht mehr zurücknehmen.

Erst nachdem sie eingewilligt hatte, ließ die Hexe von ihrem Opfer ab. Kira wusste, dass sie sich damit selber aufgab, ihnen gab, was sie wollten. Doch das war ihr egal. All ihre Widersetzlichkeit, ihr starker Wille waren vergessen.

Sie konnte für sich selber kämpfen, stark sein, Schmerz ertragen. Doch sie war nicht in der Lage ihn leiden zu sehen. Dabei war er im Grunde nur ein Geist, gefangen in dem Körper eines Tierwesens, welcher magische Fähigkeiten besaß.

An dem Tag vor der Vertrautenbeschwörung hatten alle jungen Hexen im Unterricht ganz genau beigebracht bekommen, was solch ein Vertrauter war. Man hatte ihnen eingebläut das Leben des Vertrauten nie über das eigene zu stellen. Man konnte sie lieb gewinnen, aber nicht lieben. Sie wären Diener, mehr Puppe als Lebewesen. Eine Gestalt, die durch ihre magischen Kräfte erschaffen wurde.

Sie trugen zwar die Verantwortung, doch würde niemand sie Rechenschaft ablegen lassen, sollte dem Vertrauten etwas passieren. Er war ihre rechte Hand und Schutzschild. Um das eigene Leben oder andere zu schützen, war es recht und legitim das des Vertrauten zu opfern. In solchen Fällen war es sogar erlaubt, einen neuen zu beschwören.

Kira wollte jedoch keinen Neuen. Sie wollte Sergé und niemanden sonst. Er war alles für sie!

Anfangs hatte sie ihn genauso behandelt, wie man es ihnen beigebracht hatte. Die Gefühle zurückstellen, nicht darauf einlassen. Eine Puppe, die tat, was man ihr sagte, nicht mehr. Doch der kleine Feuersalamander hatte das nicht zugelassen.

Er war vom ersten Tag an anders gewesen, als die anderen Vertrauten. Er hatte nicht getan, was sie von ihm verlangte, war voller Widersetzlichkeit und Widerworte gewesen. Andauernd hatte er sie provoziert und nur getan, was er wollte. Doch dadurch hatte er Charakter gehabt und Kira war es möglich gewesen, sich auf ihn einzulassen. Zu sehr, wie sie in diesem Moment begriff.

Als Tabea das kleine Wesen grob zur Seite legte, durchfuhr Kira ein scharfer Schmerz. Am liebsten wäre sie sofort an seine Seite geeilt und hätte sich um seine Wunden gekümmert, aus denen auch weiterhin Blut tropfte.

Wie konnte eine Puppe bluten? Schmerz, Leid und Liebe empfinden? War er wirklich einfach nur ein Gegenstand, den man ersetzen konnte? Wieso sträubte sie sich dann so sehr dagegen?

Heiße Tränen rannen ihr über die Wangen, sodass sie das Gesicht der Hexe kaum erkannte, die schmerzhaft nach ihrem Kinn griff.

Grob drehte sie Kiras Kopf zur Seite, sodass sie Sergé nicht länger sehen konnte. Kira war es mittlerweile egal, dass die anderen sie weinen sahen. Ihr Widerstand war ohnehin gebrochen. Sie brauchte nicht länger Stärke beweisen, sie war bereits eingeknickt.

„Solltest du irgendetwas vorhaben oder nicht mitmachen, werden wir den Kleinen ohne mit der Wimper zu zucken aufhängen und qualvoll ausbluten lassen. Hast du verstanden?“, zischte sie boshaft. Kira schluckte und brachte nur ein kurzes Kopfnicken zustande.

„Sehr gut.“ Mit diesen Worten schleuderte sie Kiras

Kopf zur Seite, der gegen das harte Gestein stieß, doch ihren Lippen entwich nicht ein Laut.

„Dann lasst uns anfangen, Schwestern." Sie hatte sich an die eine Ecke des Pentagramms gestellt und die Hände ausgestreckt.

„Hüterin des Feuers, ich rufe Dich an. Leihe mir Deine Kraft und gewähre mir einen Zauber, der Deiner Macht würdig ist."

Auch die anderen vier hatten sich an je eine Spitze des Pentagramms gestellt und erhoben nacheinander die Arme.

„Hüterin der Erde, ich rufe Dich an."

„Hüterin der Luft …"

„Leihe mir Deine Kraft …"

„Hüterin des Wassers …"

„ … Deiner Macht …"

„ … Metalls … "

„ … mir einen Zauber …"

„Leihe mir Deine Kraft und gewähre mir einen Zauber, der Deiner Macht würdig ist."

Aus den Silberschüsseln hinter ihnen leuchtete es taghell. Die Dreiecke des Pentagramms, welche die Spitzen bildeten, füllten sich nacheinander mit Erde, Feuer, wirbelnder Luft, Wasser und Metall.

Es war beeindruckend, die fünf Elemente auf diese Art vereint zu sehen. Kira überlief ein Schaudern. Sie konnte die magischen Kräfte spüren, die hier aufeinandertrafen.

„Sprich die Worte", wies Tabea Kira an. Diese warf noch einen kurzen Blick hinüber zu Sergé, doch die lodernden Flammen versperrten ihr den Blick. Kiras Lippen waren spröde und der Mund ganz trocken, als sie langsam die Worte bildete, welche ihren Untergang bedeuten würden. Dennoch sprach sie sie laut aus. Für Sergé, um ihm weiteres Leid zu ersparen, nahm sie noch größeres auf sich. Wie verrückt die Liebe doch war.

„Hüterin des Geistes", Kira musste schlucken. Ihre Stimme zitterte, „ich rufe Dich an. Leihe mir Deine Kraft", sie atmete tief durch. Bald war es vorbei, „und gewähre mir einen Zauber, der Deiner Macht", gleich geschafft, „würdig ist."

Ein Beben, als würde die Erde aufbrechen wollen, erschütterte das Areal. Ohrenbetäubendes Donnern, gleißendes Licht. Kira presste die Lider fest aufeinander und war sich sicher, dass gleich die Erde untergehen würde. Doch dieses Glück schien ihr nicht vergönnt. Als sie die Augen wieder öffnete, erkannte sie, dass die zuvor weißen Linien des Pentagramms sich in tiefe Risse verwandelt hatten. Über diesen schwebte ein weißes Licht, sodass die Linien und Signaturen auch weiterhin sichtbar waren. Gleichzeitig fühlte Kira, wie sie schwebte. Verunsichert drehte sie den Kopf.

Tatsächlich hing sie in der Luft, war jedoch auch weiterhin nicht in der Lage sich zu befreien. Die Mitte des Pentagramms war zu einer Art großen Schale geworden und hatte sich herabgesenkt.

„Endlich ist es so weit. Sira nimm das geweihte Messer und sorge dafür, dass das Elixier des Lebens zu fließen beginnen kann."

Kira drehte erneut den Kopf. Wut und Hass durchdrangen ihren bewegungslosen Körper, als Sira auf sie zukam. Sie blieb am Rand des Beckens stehen und streckte die Hand mit dem Messer aus. Am liebsten hätte Kira es ihr aus der Hand gerissen und mitten ins Herz gestoßen. Doch so war sie dazu verdammt stillzuhalten, während die scharfe Schneide mühelos ihre Haut teilte. Mit hasserfüllten und vernichtenden Blicken bedachte sie Sira, die das nicht einmal zu bemerken schien.

Sie schritt um Kira herum und schnitt ihren rechten Arm von der Armbeuge bis zum Handgelenk auf. Die Haut klaffte auseinander und Blut strömte heraus.

Wenigstens spüre ich keinen Schmerz, dachte Kira bei sich.

Es war befremdlich, als ob diese Arme und dieses Blut gar nicht ihr gehören würden. Der rote Lebenssaft floss unaufhörlich aus ihr hinaus, doch sie spürte keine Schwäche. Unter ihr tropfte er auf das Gestein, dort zischte und brodelte es hörbar.

„Das Blut wird sich wandeln und in der Mitte sammeln. Nachher kann man es mit einem einfachen Zauber herausheben und in die vorbereiteten Flaschen füllen."

Kira hörte zwar die Stimme, doch es schien beinahe so, als ob sie davon driften würde, denn der Sinn blieb ihr verschlossen.

„Wann wissen wir, dass es genug ist?"

„Sobald sie sich dem Rande des Todes nähert, wird das Geistelement aktiviert, gleichzeitig fließt ihre Lebensenergie in das sich bildende Elixier. Um jedoch ganz sicher zu gehen, dass es auch funktioniert, müssen wir es ganz zu Ende bringen."

Ende?, fragte Kira sich. *Ja, Ende. Es wäre so schön, wenn das alles hier endlich ein Ende nehmen würde. Ein Traum wäre natürlich noch schöner. Genau, lass das alles hier einfach nur einen Traum sein*, bat sie.

Doch das würde wohl nicht geschehen, da brauchte sie sich keinerlei Illusionen hingeben. Diese Dinge passierten wirklich, genauso wie sie sich immer weiter dem Tode näherte. Inzwischen konnte sie es spüren. Nicht der Schmerzen wegen und auch nicht aufgrund ihrer Schwäche.

Sie konnte es fühlen, weil etwas in ihr danach rief. Das Sehnen wurde mit jeder Sekunde stärker und mit großen Schritten ging sie darauf zu. Etwas Helles zog sie an. Wärme und Energie, Macht und Magie.

Mit einem Mal stand sie vor einem silbernen Schatten. Dieser waberte und wirbelte vor ihr umher. Sollte es das sein? Das Element Geist? War dies ihre innere Kraft? Ihre Bestimmung?

Komm, schien es zu sagen. *Nimm mich, ich gehöre ganz dir.*

Doch Kira zögerte. Wenn sie das tat, dann waren die Hexen an ihrem Ziel. Sie würde sterben, so oder so. Das wusste sie schon seit geraumer Zeit. Aber sie weigerte sich, den Hexen das zu geben, was diese so heftig begehrten. Zumindest diesen Triumph wollte sie ihnen nehmen.

Gerade wandte Kira sich von dem faszinierenden Schatten ab, als folgende Worte sie zurückhielt: „Tu es."

Sie kannte diese Stimme. Kira drehte sich wieder zurück. Hinter diesem Schleier aus Licht stand jemand, doch sie konnte denjenigen nicht wirklich erkennen.

„Kira, bitte."

„Sergé?" Kira schirmte ihre Augen gegen das immer heller werdende Licht ab, um besser sehen zu können, doch es half nicht.

„Ich kann dir nur helfen, wenn du dich darauf einlässt."

Was meinte er damit?

„Ich brauche die Kraft!" Sergés Stimme war eindringlicher geworden, schwächte jedoch schon wieder ab. „Deine Kraft."

War das ein Trick? Eine Täuschung?

„Vertrau mir", bat er und sie konnte nicht anders.

Nachdem sie so viel über Vertrauen nachgedacht hatte, wie konnte sie ihm dieses nun verwehren? Sie wollte ihm endlich zeigen, dass er der Einzige war, dem sie bedingungslos vertraute.

Mit einem großen Schritt trat Kira in den seltsamen Schatten hinein und hatte als Nächstes das Gefühl davongezogen zu werden. Alles löste sich auf und sie verlor das Bewusstsein.

Wo war Sergé?

Kiras letzter Gedanke war: Sollte das ein Fehler gewesen sein?

Kapitel 18

Geistmagie

Von Kiras erschlafftem Körper tropfte nach wie vor Blut. Doch wurden die Abstände, mit denen die Tropfen auf den am Boden des steinernen Beckens entstandenen roten See trafen, immer größer. Die fünf Hexen betrachteten begierig, wie das Leben aus dem Mädchen sickerte und in keiner von ihnen sah er Bedauern, Mitleid oder ein sonstiges Gefühl; bis auf eine.

Kiras Herz schlug nur noch ganz schwach, sie stand bereits an der Grenze zum Totenreich und genau das war der erforderliche Schritt, um das Geistelement in ihr zu wecken. All die Magie, die tief in ihr verborgen war, bahnte sich einen Weg. Doch weil Kira verständlicherweise nicht mehr in der Lage war, diese zu gebrauchen, hatte sie sich einen anderen Weg gesucht und genau dazu war er hier. Er brauchte nicht sterben, er musste nur dafür sorgen, dass sie auf ihrem Weg ins Totenreich nicht die Orientierung verlor und wieder zurück ins Leben fand. Um dies zu gewährleisten, hatte ihm die Magie eine ganz besondere Kraft gegeben.

Der kleine Feuersalamander richtete sich auf. Die tiefen Schnitte, die ein K und ein I auf seiner Haut bildeten, schlossen sich.

Als Nächstes erfasste ein geheimnisvolles Glühen seinen Körper. Die roten Muster auf seiner schwarzen Haut sahen aus, als ob man sie in Brand gesteckt hätte.

Die rubinroten Augen hatte er nach hinten verdreht, sodass nur das Weiß seiner Augäpfel zu sehen war.

Es war ein gespenstischer Anblick, der sich

zusätzlich verstärkte, als das merkwürdige Glühen seine Körperkonturen zu verwischen schien.

Die Rothaarige deutete mit einem erschrockenen Keuchen auf seinen kleinen Körper. Jetzt drehten sich auch alle anderen dem Feuersalamander zu, der inzwischen geradezu furchteinflößend aussah.

„Was zum Teufel …?", krächzte die Hexe mit der Kapuze und obwohl man ihr Gesicht kaum sehen konnte, hörte jede die Angst ihrer Genossin.

„Jemand muss ihn aufhalten", schimpfte die Alte mit der grässlichen Stimme panisch und deutete auf das sich ausbreitende Leuchten. Es wurde stetig größer, schob sich in die Höhe, pulsierte, als ob sich etwas Lebendiges langsam ausstrecken würde. Mit jedem Atemzug wurde es größer, bis es die Höhe eines Menschen erreicht hatte.

„Was passiert da?", fragte Sira total schockiert.

Als die Konturen eines Jungen zu erkennen waren, schleuderte Tabea einen Feuerball auf ihn. Sergé wehrte diesen mit spielerischer Leichtigkeit ab. Seine neue Form nahm nun richtige Gestalt an. Er ließ den Ball aus Flammen auf der ausgestreckten Hand kreisen und richtete seine Augen auf die fünf Hexen.

Die Pupillen leuchteten gespenstisch auf und das Rubinrot ähnelte gefährlich einem Blutrot. Die Schlitzpupillen hatte er behalten, doch sonst hatte sich sein Körper vollkommen verändert.

Lediglich die schwarzen Haare mit den roten Strähnen erinnerten noch an seine vorherige Erscheinung. In dieser Form und mit der Macht der Geistmagie war er in der Lage Kira vor allem und jedem zu beschützen und das würde er auch tun!

„Interessant", kommentierte Sergé den Flammenball, bevor er ihn erlöschen ließ. „Und was jetzt?"

Niemand sagte etwas. Eine tiefe Genugtuung schlich

sich auf sein Gesicht und er hob den Kopf.

„Ja, ärgerlich, wenn sich der Schwächere mit einem Mal wehren kann. Blöde Situation."

Mit einem schiefen Grinsen trat er vor und das Glühen hinter ihm verschwand. Seinem menschlichen Äußeren nach, musste er ungefähr in Kiras Alter sein, die immer noch in diesem furchtbaren Zauber gefangen war. Dennoch wirkte er viel älter, allein seine Ausstrahlung und das selbstsichere Auftreten ließen die fünf Hexen unwillkürlich zurückweichen. Er strahlte eine Form von Macht aus, die ihnen fremd war und vor der man sich in Acht nehmen sollte.

„Tsts, das würde ich nicht tun." Mahnend ob er einen Finger, als Sira das Wasser heraufbeschwor, welches sie stets mit sich trug. Sie wusste, dass er dem Feuerelement zugeteilt war, weswegen der erste Angriff auch wirkungslos gewesen war. Doch Wasser hätte ihn bereits in seiner tierischen Gestalt töten können, wieso also nicht auch jetzt?

„Dummes Mädchen", kommentierte Sergé den folgenden Angriff. Mit einer lässigen Handbewegung hielt er das Wasser auf. Mit der anderen Hand vollführte er eine komplizierte Bewegung.

Die Hexen drehten sich um, als sie ein lautes Knacken, gefolgt von einem gewaltigen Krachen hörten. Ein Riss hatte sich im Boden des Steinbeckens gebildet. Das violette Glimmen, welches Kira als Zeichen für den letzten Schritt und ihres baldigen Todes eingehüllt hatte, verschwand. Sergé hatte mit nur einer Hand den Zauber gebrochen und die Zeremonie unwirksam gemacht.

Mit reiner Willenskraft schloss er die tiefen Schnitte an ihren Armen und fing sie mit mentaler Stärke auf, als der Zauber erlosch und sie zu Boden zu fallen drohte. Er konzentrierte sich und legte sie mit geistiger Kraft am Rand des Pentagramms ab.

„Telekinese“, hauchte Gjina ehrfurchtsvoll. Sergé wusste wegen des Unterrichts im Internat, dass nur äußerst selten eine Hexe oder gar ein Vertrauter dieser Magie mächtig war. Für ihn war es jedoch nichts Besonderes, sondern etwas absolut Natürliches. Wie atmen.

Sira gab den magischen Druck auf, den sie gegen sein unsichtbares Schild ausgeübt hatte und das Wasser fiel unverrichteter Dinge zu Boden.

„Nicht“, hielt die verhüllte Hexe sie auf, als sie zu einem weiteren Angriff übergehen wollte. „Es hat keinen Sinn, er ist viel zu mächtig.“

„Aber woher …?“

„Das Geistelement wurde aktiviert und er als Vertrauter und Beschützer der Trägerin hat nun seine wahre Gestalt angenommen und all ihre Macht. Wir können nicht gewinnen, unmöglich.“ Die Hexe mit der Kapuze trat als Zeichen der Kapitulation einen Schritt zurück.

Sergé ließ seine rubinroten Augen mit den dunkelroten Schattierungen über die übrigen Hexen wandern. Es war beinahe so, als wolle er sie herausfordern, ihn doch anzugreifen, damit er sie bekämpfen konnte.

In seinem Inneren brannte ein Feuer, das ihn zu verzehren drohte. Sie hatten Kira und ihm unvorstellbare Schmerzen zugefügt und er wollte diese mit gleicher Münze zurückzahlen.

„Sie sind bereits genug bestraft, da der Zauber fehlgeschlagen ist und zu ihren Lebzeiten nicht wiederholt werden kann.“ Sergé horchte auf, irgendetwas an dieser Stimme kam ihm nun bekannt vor, das Kratzige und Raue fehlte. Er glaubte, sie schon einmal gehört zu haben.

„Es ist gut jetzt. Du hast Kira gerettet und solltest dich nun um sie kümmern. Wir erkennen deine Macht an und wünschen unbeschadet von dannen ziehen zu können." Sie verneigte sich ehrerbietend und beinahe hatte er das Gefühl, sie hätte einen Eimer Wasser über sein inneres Feuer geschüttet. Sergé gab die kampfbereite Haltung auf und entspannte die Schultern.

In diesem Moment trat Gjina vor und die Erde begann unheilverkündend zu beben, ein tiefer Riss entstand unter seinen Füßen, doch mit seiner neuen Begabung brauchte er keinen Boden mehr, um zu stehen. Gelassen in der Luft schwebend blickte er mit funkelnden Augen auf die Hexen, welche ihn erschrocken musterten. Sein Arm schoss von oben herab und Gjina brach schreiend zusammen. Er hatte ihren Geist zu packen und entzog ihn ihr langsam, Stück für Stück.

Er hatte die Macht, konnte sie seelenlos oder tot zurücklassen.

Ihm oblag es, ob sie in die sogenannte Hölle oder ins Himmelreich weiterzog. Also für immer verloren oder wiedergeboren. Es war ganz und gar seine Entscheidung.

So ungern er es auch zugab, er genoss in diesem Moment das Gefühl von Macht, das ihn durchströmte. Endlich stand er über allen und musste nicht mehr von unten zu ihnen hinaufschauen. Sie sollten sich vor ihm verneigen.

„Nicht!", riss ihn ein Ruf aus seiner Trance. Er musste blinzeln, um sich besser konzentrieren zu können. Tatsächlich hatte er sich gerade beinahe in seinen Vorstellungen verloren. Es war ein gefährlicher Weg, wie er jetzt erkannte.

Die Hexe mit der Kapuze trat vor, dabei rutschte ihr jene vom Kopf und entblößte ihr schönes Gesicht.

Sie war weder jung noch alt, doch das war nicht das, was Sergé überraschte. Sie entsprach genau der Beschreibung jener Hexe, welche Kira im Internat getroffen hatte.

Bildfragmente stürmten auf ihn ein, als er sich wünschte, die Situation verstehen zu können. Überfordert griff er sich an den Kopf und ließ die andere Hexe frei. Er musste sich konzentrieren, um die Dinge richtig verstehen zu können.

Die Hexe mit der Kapuze hatte sich in den Kreis der vier anderen eingeschlichen. Sie brauchten eine Hexe im Alter von 32 Jahren, damit diese ihren 33. Geburtstag nutzen konnte, um den Zauber für das Jugendelixier zu nutzen. Sie war im Internat aufgetaucht, um Kira zu warnen, bevor die anderen sie mit geballter Macht dort gefangen nehmen konnten.

Außerdem hatte sie dafür gesorgt, dass er und Kira das Gelände verlassen konnten, indem sie ihnen die Pforte öffnete.

Sie stand nicht auf ihrer Seite, war keine von ihnen. Und dennoch spürte er da eine Verbindung, die er noch nicht ganz zuzuordnen wusste. Doch allmählich legten die Puzzleteile sich an die richtigen Stellen und ergaben ein Bild.

Sie hatte nie gewollt, dass dies hier geschah, doch allein war sie nicht mächtig genug gewesen, dennoch hatte sie nicht tatenlos zusehen wollen und zumindest den Versuch gestartet, den Plan der anderen vier zu sabotieren.

Sergé öffnete mit einem Stöhnen die Augen, um ihr ins Gesicht sehen zu können. Sie war nur hier, um all das verhindern zu können, war deswegen ein Teil davon geworden. Er hatte eine Unschuldige unter ihnen gespürt und das war sie gewesen.

Ein zustimmendes Nicken und ein leichtes

Kopfschütteln.
Sie bestätigte die Dinge, die er sah und sagte ihm gleichzeitig, dass er sich nicht an den anderen rächen durfte.
Gerade, als er wirklich begann darüber nachzudenken, dass sie Recht haben könnte, nutzte Sira den Moment der Schwäche aus. Ihr Arm schoss vor und mit ihm eine gewaltige Wasserwelle.
Er war zu langsam und zu überfordert, um diese aufzuhalten.
Er wurde zu Boden geworfen und über ihm brach das Wasser zusammen. Mit aller Macht drückte er dagegen an und richtete sich auf.
„Ovia, jetzt!“, rief Sira die fünfte der Hexen an, die sich bisher im Hintergrund gehalten hatte.
„Frier ihn mit deiner Luftmagie ein!“
Ovia zögerte noch kurz, jedoch nicht lange genug, als dass Sergé hätte verhindern können, von ihr in Eis gefangen zu werden.
Er brüllte wütend auf und mobilisierte all seine Kräfte - auch die geistigen - um sich zu befreien.
„Gjina sperr ihn ein!“ Mächtige Steinwände erhoben sich zu allen Seiten Sergés und schlossen ihn in ein enges Gefängnis ein. Als das Ganze mit einer Decke abschloss, wurde er in Finsternis getaucht. Doch so schnell würden sie ihn nicht besiegt haben.
Er spannte alle Muskeln an und das Eis rund um seinen Körper bekam Risse, bis es schließlich splitternd aufbrach. Sein inneres Feuer loderte und erhellte den winzigen Raum, während das Eis schmolz und das Wasser im Boden versickerte.
Sergé konnte sich nicht einmal aufrichten, so wenig Platz hatte er zur Verfügung. Was jedoch ein wesentlich größeres Problem darstellen könnte, wäre die mangelnde Luft. Er wusste nicht, wie viel Zeit

ihm blieb, bis der Sauerstoffmangel ihn zusätzlich schwächen würde. In dem Fall hätte er ernsthaft verloren. Er würde also zumindest ein Loch in seine Gefängniswände schlagen müssen.

Er zog den Arm zurück, spannte die Muskeln und schlug zu. Seine Faust donnerte gegen das Gestein. Dank seiner mentalen Stärke, schaffte er einen Riss und erlitt selbst keinen Schaden. Jedoch war er noch weit davon entfernt, die Wand einzureißen. Leise Angst schlich sich in sein Herz, doch er schob sie beiseite. Er konnte jetzt nicht aufgeben, nicht, wenn er für sie kämpfte.

Und so holte er jetzt mit beiden Armen aus und ließ einen Donnerhagel von Fäusten auf seinen derzeitigen Gegner niederprasseln. Schließlich spürte er den Schmerz und damit die Verzweiflung.

„Verdammt!" Ein letzter Schlag, vom Gefühl her war er kaum vorangekommen. Sergé begann zu schwitzen. Er spürte den Sauerstoffmangel bereits, denn ihm war furchtbar schwindelig.

Er hatte nicht mehr viel Zeit, allerdings schien es unmöglich, dass er sich mit reiner Willenskraft durch diese meterdicken Wände schlug. Trotzdem war er nicht bereit aufzugeben und hier tatenlos herumzusitzen. Also begann er von Neuem die Wand zu malträtieren, irgendwann musste sie doch nachgeben.

Er brauchte nur ein klitzekleines Loch, mehr nicht. Nur ein winziger Riss, durch den frische Luft zu ihm herein gelangte.

Der Schweiß lief ihm die Stirn herunter, die hohen Temperaturen schienen ihn umzubringen. Ihm war noch nie in seinem Leben so heiß gewesen. Sonst liebte er die Hitze, doch jetzt sehnte er nichts mehr herbei als ein kühles Lüftchen.

Obwohl ihn seine Nachtsicht jeden einzelnen Riss im

Gestein erkennen ließ, legte sich allmählich ein dunkler Schleier über seine Umgebung. Es fiel ihm immer schwerer, den Blick zu klären, und er wusste, dass die Bewusstlosigkeit nicht mehr fern war. Nur allein mit Willenskraft hatte er keine Chance. Er würde verlieren.

„KIRA!“

Kapitel 19

Stets eins

Sergés Hilferuf erreichte die bewusstlose Kira. Doch ihre Seele war noch nicht bereit, die Geisterwelt zu verlassen. Vielmehr konnte sie es aus eigener Kraft nicht. Dennoch spürte sie die Verzweiflung ihrer anderen Hälfte und es stand fest, dass sie ihm zu Hilfe kommen musste.

Der Körper des Mädchens richtete sich auf, wie von unsichtbaren Fäden gehalten, hing sie zunächst kraftlos und mit schlaffen Gliedern in der Luft. Dann fanden ihre Füße den Boden und ihr Oberkörper streckte sich. Leere Augen richteten sich beim Heben des Kopfes auf die Hexen. Diese stießen allesamt einen angsterfüllten Schrei aus. Wenn die Verwandlung des kleinen Feuersalamanders sie schon schockiert hatte, so war das nichts gegen den Anblick, der sich ihnen jetzt bot.

Kira umgab ein Schein aus einem geisterhaften Licht.

Es flackerte und wechselte zwischen geister blau und gespenstisch lila. Ihre Augen hingegen waren strahlend weiß und starr geradeaus gerichtet. Mit einem Ruck richteten sie sich auf das Felsquadrat, in dem Sergé gefangen war. Ihr Arm schoss vor und warf einen Feuerball aus violetten Flammen. Der schlug ein wie ein Donnerschlag und erschuf endlich das lang ersehnte Loch. Röchelnd und nach Atem ringend fiel Sergé nach draußen und sog dabei begierig die frische Luft in seine Lungen.

Man sah in Kiras Gesicht zwar keinerlei Regung und dennoch, die aufkommende Welle aus Wut und heftigen

Emotionen warf jeden im Umkreis von zehn Metern um. Selbst Sergé hatte Mühe, sich dem entgegenzustellen.

„Du musst sie aufhalten, bevor sie außer Kontrolle gerät!“, rief die Hexe mit der Kapuze. Sie hatte sich aus dem Kampf herausgehalten und er wusste um die Ehrlichkeit ihrer Gefühle. Deswegen verschwendete er keine unnötige Zeit, um mit ihr zu diskutieren, sondern tat das, was sie sagte.

Er selber spürte ebenfalls, wie Kira ihm entglitt. Ohne ihre Seele schien ihre Macht kaum kontrollierbar zu sein. Doch was würde geschehen, wenn sie alles und jeden hier auslöschte? Das durfte er nicht zu lassen, er würde sie sonst verlieren.

„Kira!“, hustend rappelte er sich auf. Sie war inzwischen in die Luft gestiegen, noch immer in dieses seltsame Licht gehüllt. Den Mund zu einem Schrei geöffnet und den Kopf in den Nacken gelegt, starrten ihre blinden Augen gen Himmel.

Sergé musste sich unglaublich konzentrieren, um seine restlichen Kräfte zu mobilisieren. Schwankend erhob er sich in die Luft, denn anders würde er sie nicht mehr erreichen. Die Kraft ballte sich in Kiras Körper zusammen und sie krümmte sich. Wenn er nicht schnell etwas unternahm, würde sie sich mit Gewalt einen Weg suchen.

„Kira, kannst du mich hören?“ Er schwebte vor ihr in der Luft und ergriff ihre Schultern. „Es geht mir gut, du brauchst mich nicht mehr zu retten.“

Als keine Reaktion erfolgte, umschloss er mit der rechten Hand zaghaft ihr Kinn, damit sie ihm in die Augen sehen musste.

„Ich bin hier. Ich beschütze dich“, sagte er sanft und fuhr mit den Fingern leicht über ihre Wange. Er lokalisierte die magische Spannung in ihrem Inneren und entzog ihr nach und nach einen Teil davon, sperrte ihn in seinem Inneren ein.

Die weißen Augäpfel wurden dunkler und langsam zeichnete sich die Iris in ihnen wieder ab. Sie schien sich auf ihn scharf zu stellen, ihn wiederzuerkennen.

„Sergé“, hauchte sie, bevor sie vorn überkippte und das Bewusstsein verlor. Rasch fing er sie auf, bevor sie zu Boden trudeln konnte. Erleichtert atmete er auf. Er hatte sie erreicht, doch es war noch nicht überstanden.

Vorsichtig lud er sich Kira auf die Arme, bevor er sich umdrehte. Wie würde er nun mit diesen Hexen verfahren? Er konnte nicht riskieren, dass Kira unbewusst erneut einschritt, um ihn zu retten. Wahrscheinlich wäre es besser, die Gefahr gleich hier zu bannen.

Er hatte bereits den Arm ausgestreckt und nach der ersten Seele gegriffen, als ihn eine Stimme zurückhielt.

„Ich weiß, dass du als Vertreter der anderen Welt die Macht hast, über uns zu richten. Du entscheidest, wer nach seinem Tod wohin kommt. Bei den Menschen würde man dich als Vertreter der Hölle oder den Teufel bezeichnen, denn du richtest über die verdorbenen Seelen. Ich bitte dich jedoch inständig, Gnade walten zu lassen. Auch wenn sie vom rechten Weg abgekommen sein mögen, heißt dies nicht, dass sie nicht ein Recht darauf haben, diesen wiederzufinden.“

Wieder sie! Flehend blickte die Hexe ihn an, hatte sogar die Hände vor der Brust verschränkt.

Ein tiefes Knurren entstieg seiner Kehle. Es widerstrebte ihm zutiefst, sie einfach ungeschoren davonkommen zu lassen. Nach allem, was sie getan hatten! Dennoch senkte er vorerst den Arm und umschloss Kira fester.

Mit gerunzelter Stirn und missbilligend zusammengekniffenem Mund schwebte er vor und landete auf festem Boden. Keiner versuchte ihn, nach den gesagten Worten mehr anzugreifen.

Er selber machte sich weniger Gedanken um seine neue Rolle. Sollten die anderen doch denken, was sie wollten, er war nur aus einem Grund hier, um seine Kira zu beschützen. Die gab in diesem Moment ein leises Stöhnen von sich. Er musste sich um sie kümmern, sie brauchte ihn. Es blieb keine Zeit mehr, um seinen aufgebrachten Gefühlen die nötige Vergeltung darzubieten.

Behutsam legte er sie auf den Boden und beschloss, diese Sache hier schnell zu erledigen, um sich danach voll und ganz auf sie konzentrieren zu können. Mit funkelnden Augen richtete er sich wieder auf und trat noch einen bedeutsamen Schritt vor sie. Sollte auch nur eine es wagen, ihn oder sie noch einmal anzugreifen, wären sie Asche unter seinen Füßen.

„Sie werden nicht so dumm sein und euch ein weiteres Mal herausfordern", beschwichtigte die Hexe ihn. Er sah in ihre Augen und ließ den Blick dann schweifen. Kiras Ausbruch schien ihnen die Macht, die sie beherbergte, erst so richtig deutlich gemacht zu haben.

Zuvor hatten sie noch geglaubt, mit vereinten Kräften hätten sie eine gute Chance. Doch die Schockwelle war bis tief in ihr Inneres gedrungen, Sergé konnte es spüren.

Dennoch würde er sie nicht so ohne weiteres ziehen lassen.

„Bitte."

„Also schön, aber um einen Neuanfang zu gewährleisten, werde ich ein bisschen nachhelfen." Die Hexe neigte ehrerbietend den Kopf und Sergé ließ einen unheimlichen Nebel wie aus dem Nichts auftauchen. Dieser schien direkt aus dem Boden zu wachsen und strömte empor. Dabei schloss er die Versammlung vollkommen ein. Als die Dunstwolken sich verzogen, waren ihre Blicke leer und füllten sich nur allmählich mit Verwirrung.

„Ich habe ihnen ihre Erinnerungen genommen. So haben sie die Möglichkeit einen anderen Weg einzuschlagen, frei von ihren vorherigen Entscheidungen", sprach er die Hexe an, die vor ihm niedergekniet war. Erstaunt blickte sie auf, als sie merkte, dass er sie verschont hatte.

„Sorge dafür, dass sie diesen Fehler kein zweites Mal begehen, denn ein weiteres Mal werde ich ihnen ihr Handeln nicht so leicht vergeben." Nachdrücklich zog er die Brauen zusammen und blickte streng auf sie hinab.

„Natürlich." Sie verneigte sich erneut.

„Bring sie fort, Stina, und achte besonders auf deine Schwester." Er hatte nun einen sanfteren Ton angeschlagen. Stina blickte erschrocken auf, weil er sie mit einem Mal mit ihrem Namen ansprach, doch dann lächelte sie und nickte dankbar. Es war klar, dass er als Teil der geistigen Macht sowohl über sie, als auch ihre Motivationen, Bescheid wusste. Deswegen hatte er sie auch verschont. Stina erhob sich mit einem letzten schüchternen Blick und sprach dann auf die vier Hexen ein, die ihr verwirrte Fragen stellten, wissen wollten, wer sie waren und so weiter. Sie erklärte ihnen mit ruhiger Stimme, dass sie als Folge eines schiefgegangenen Zaubers ihr Gedächtnis verloren hätten, dabei zeigte sie auf das zerstörte Pentagramm. Mit sanften Worten brachte sie die vier schließlich dazu, ihr in die Stille der Nacht zu folgen.

Sergé jedoch war das egal, er ignorierte sie alle, weil es etwas Wichtigeres gab. Seine volle Aufmerksamkeit galt dem Mädchen vor ihm.

Kira lag auf dem Boden, ihre Brust hob und senkte sich in regelmäßigen Atemzügen, doch es war unverkennbar, dass sie schwach war. Ihr Gesicht so blass und die Schatten unter ihren geschlossenen Augen so dunkel. Er wusste, dass sie mit dem Tode kämpfte und nur er sie in das Leben zurückholen konnte.

Es wurde Zeit und so ging er neben ihr in die Knie und beugte sich über ihre Gestalt. Noch für einen kurzen Moment musterte er das vertraute Gesicht. Er kannte jedes Detail und dennoch war es, als ob er sie zum ersten Mal sah.

Er seufzte und sein warmer Atem strich über ihr vom Tod unterkühltes Gesicht. Dann gab er sich einen Ruck. Obwohl er sich das hier irgendwie anders, irgendwie besonderer vorgestellt hatte - vor allem hatte Kira dabei bei Bewusstsein sein sollen! -, war es doch unabdingbar, dass er das jetzt durchzog. Und so senkten sich seine Lippen auf die ihren.

Er öffnete den Mund, hauchte ihren Namen und ließ seinen Atem in ihre Lunge strömen. Dann endlich küsste er sie, ganz sanft. Gleichzeitig sog er den Tod aus ihrem Körper und gab ihr im Austausch etwas von seiner Wärme und Energie.

Die Magie, die sie ihm überlassen hatte, floss zurück in ihren Körper. Seine ureigene Kraft jedoch behielt er.

Kapitel 20

Sergé

Kira spürte eine Wärme, welche die Kälte vertrieb, die sie gefangen gehalten hatte. Der Nebel in ihrem Geist mit den seltsamen Schatten verzog sich und als sie vorsichtig die Lider hob, war es, als ob sie aus einem tiefen See auftauchen würde. Sie schnappte erschrocken nach Luft, sobald sie die imaginäre Oberfläche durchbrach, und ihr Herz hämmerte heftig gegen ihre Brust. Ihre Finger krallten sich Halt suchend in das Nächstbeste, was sie zu fassen bekamen.

„Alles gut, schon gut. Ganz ruhig.“ Sie hatte die Augen wieder geschlossen und hörte nur diese Stimme, die ihr so seltsam vertraut vorkam.

„Sergé?“ Mühsam formte ihr Mund die Worte, als ob er sich erst wieder erinnern müsste, wie sprechen ging. Was war passiert? Sie erinnerte sich an nichts mehr.

„Ich bin hier. Es ist vorbei, du bist in Sicherheit.“ Erleichtert entspannte sie sich, doch als Kira realisierte, dass sie sich an einem menschlichen Arm fest krallte, ließ sie los und sprang mit einem Aufschrei auf die Beine. Sie schwankte und kämpfte verzweifelt um ihr Gleichgewicht. In Erwartung eines Angriffs oder Tricks sammelte sie ihre magische Kraft, die wieder da war. Doch sie fühlte sich anders an als früher, deswegen zögerte sie. Kiras Augen erfassten den jungen Mann vor ihr, der hilflos mit erhobenen Händen dastand und mühsam versuchte, keinen bedrohlichen Eindruck zu machen. Fassungslos blickte sie ihn an und wusste nicht, wie sie reagieren sollte.

„Kira, ich bin's." Seine Stimme klang der ihres Vertrauten ähnlich, doch sie glaubte ihm nicht. Das war mit Sicherheit ein Trick, wie konnte so etwas auch der Realität entsprechen? Doch diese Augen … Sie wirkten wie geschliffene Rubine, sodass sie verschiedene hell und dunkel Schattierungen von Rot aufwiesen. Kira hatte diese Augen bisher für einzigartig gehalten, deswegen konnte sie nicht glauben, dass er es nicht war. Andererseits war es vollkommen unmöglich, dass er es war.

Sie war durcheinander und verwirrt, alles drehte sich. Träumte sie vielleicht? Oder bildete sie sich die Dinge nur ein? Für einen kurzen Moment schloss sie erschöpft und überfordert zugleich die Augen.

„Erkennst du mich denn nicht?", wollte er wissen und tat einen Schritt in ihre Richtung, doch sie wich vollkommen verängstigt zurück, sodass er diese Art der Annäherung augenblicklich einstellte.

„Ich weiß nicht. Du … Aber das kann nicht sein." Sie lachte ein heiseres, beinahe hysterisches Lachen. „Wie zum Teufel sollte so etwas möglich sein?"

Bei dem Wort verdunkelte sich Sergés Gesicht und er drehte sich von ihr weg, sprach dann aber mit ruhiger Stimme.

„Du hast es nie bemerkt, aber immer wenn du geschlafen hast, habe ich diese menschliche Gestalt angenommen. Es war, als ob dein Geist schliefe und damit eine geheime Kraft freigesetzt würde."

Fassungslos starrte sie ihn an und ließ ungläubig ihren Blick über seinen neuen Körper wandern. Bisher war sie so von seinen Augen gefangen gewesen, dass sie dem Rest kaum Beachtung geschenkt hatte.

Er trug lediglich eine weite Stoffhose – na, immerhin. Sein muskulöser Oberkörper war frei und lud geradezu dazu ein, mit dem Finger über die harten Konturen zu fahren. Doch sie traute sich nicht, auch nur einen Schritt in seine Richtung zu machen, dafür war sie noch viel zu verängstigt. Aber die schwarzen Haare mit den roten Strähnen, die ihm wirr und gleichzeitig geordnet um das Gesicht hingen und in langen Strähnen seine Schulter streiften, erinnerten sie ebenfalls an den kleinen Feuersalamander.

„Das erste Mal dachte ich, dass dies eine dauerhafte Veränderungen wäre oder ich als Vertrauter eine meiner verborgenen Kräfte entdeckt hätte.“ Er zuckte mit den gut muskelbepackten Schultern.

Kira erfasste ein unangenehmes Zittern, das sie zu unterdrücken suchte. Diese Geste, die kannte sie! Dazu noch diese speziellen Ähnlichkeiten, die Stimme, die Art zu sprechen, die Augen, das Haar.

Sie war sich inzwischen sicher, dass er die Wahrheit sprach. Er war Sergé. Dieses ganze Gehabe, das alles war so eindeutig er!

Bei dieser Erkenntnis überkam sie ein regelrechter Schwächeanfall, sodass sie sich setzen musste. Ihre Knie gaben einfach unter ihr nach, doch sie schaffte es noch bis zu einem knapp hüfthohen Stein, der sie auffing.

„Wann?“, brachte sie mit zitternder Stimme hervor.

„Erinnerst du dich noch? Ich versuchte, mehr über dich herauszufinden, fragte dich aus. Dabei kam ich dem Geheimnis, das du so gut in dir verborgen hattest, zu nahe. Du bist vollkommen ausgerastet. Ich dachte, du würdest mich im nächsten Moment vierteilen. Ich hatte unglaubliche Angst, die verschwand jedoch abrupt, als deine Magie sich einen Weg bahnte. Es war, als ob eine geheimnisvolle Macht von mir Besitz ergreifen würde. Mein Geist öffnete sich und nahm den Großteil deiner magischen Kräfte auf.“ Sein neuer Körper erzitterte bei diesen Erinnerungen. Besorgt wollte Kira eine Hand nach ihm ausstrecken, schaffte es jedoch nicht. Er schien sich in der Zwischenzeit wieder gefangen zu haben.

„Ich fühlte mich danach wie berauscht, gleichzeitig war ich krank und fiebrig. Du warst jedoch in einem viel schlechteren Zustand. Die Tage danach hast du wahrscheinlich kaum noch in Erinnerung.“

Kira schüttelte nichtssagend den Kopf. Nach dem Ausbruch war sie zusammengebrochen und hatte drei oder vier Tage im Bett gelegen. Zwischenzeitlich war sie immer wieder hochgeschreckt, aber sie konnte nicht behaupten, in den wenigen Momenten viel von ihrer Umgebung mitbekommen zu haben.

„Ja, dachte ich mir. Die Hexen glaubten, dass ich deine Erschöpfung mit dir teilte, doch in Wahrheit tobte in mir ein ganz anderer Kampf.“ Sergé griff sich an die Brust und krallte seine Finger in die Haut. Der Schmerz von damals drohte ihn zu übermannen. Es war schön und schrecklich zugleich gewesen. Er hatte nicht mehr genau gewusst wer oder was er war. Sein komplettes Wesen schien auf den Kopf gestellt zu sein.

„Nachdem es dir wieder besser ging, beruhigte sich auch mein Körper. Ich fühlte mich besser und so nahm ich wie alle anderen an, dass ich lediglich dein Spiegelbild gewesen war.“

Sein Blick richtete sich in die Ferne. Kira hockte noch immer da und war nicht in der Lage sich zu rühren. Das alles überforderte sie. Dazu kam noch, dass ihr Körper dem Tod so nah gewesen war, dass er so gut wie keine Kraftreserven mehr hatte. Am liebsten hätte sie sich irgendwo hingelegt und einfach nur noch geschlafen. Tage oder Wochen, ganz gleich. So lange, wie es eben bräuchte, bis sie wieder ganz fit war. Stattdessen saß sie nun hier und musste Dinge verarbeiten, die sie sich nicht einmal in ihren kühnsten Träumen hätte vorstellen können. Selbst wenn sie topfit gewesen wäre, hätten diese Erzählungen sie wohl überfordert.

„Es war die Nacht, in der die Monde in einer Reihe standen. Sobald du eingeschlafen warst, ergriff mich wieder dieses Gefühl, nicht zu wissen, wer ich bin. Ich fühlte mich unvollständig, fehlerhaft, nicht ganz. Meine Haut begann fürchterlich zu jucken und ein innerer Druck machte sich breit, als ob ich plötzlich wachsen würde und meine Haut zu eng wäre. Heftiges Zittern ergriff mich und ein Fieberschub nach dem anderen jagte durch meinen Körper." Sergé umschloss mit seinen Armen den Oberkörper, als ob er sich selbst zusammenhalten müsste.

Er wirkte in diesem Moment so hilfsbedürftig und verloren. Erst dieser Ausdruck auf seinem Gesicht brachte Kira dazu, sich zu bewegen. Ihre letzten Kräfte aufbringend stemmte sie sich hoch. Sie lehnte sich von hinten an ihn, genoss das Gefühl der Wärme, welches seinem Körper entströmte und umschloss ihn mit ihren eigenen Armen.

Im ersten Moment wirkte er vollkommen überrascht, dann schlich sich ein Lächeln auf sein Gesicht. Dankbar legte er seine Hände auf die ihren und verschränkte seine Finger mit Kiras. Eine ganze Weile standen sie so da, eng umschlungen. Dabei stellte Kira fest, dass ihr dieses Gefühl vertraut vorkam. Es fühlte sich überhaupt nicht seltsam oder befremdlich an. Ganz im Gegenteil schien endlich alles so zu sein, wie es gehörte.

„Warte mal!" Kira löste sich von Sergé. Jedoch nicht so, wie sie es normalerweise getan hätte, abrupt und gefühllos. Stattdessen lehnte sie sich langsam zurück, ließ ihre Hände zärtlich aus seiner Umklammerung gleiten und blickte ihn dann mit einem beschämten Blick an.

„Wieso hast du mich eigentlich nie geweckt? Dann hätten wir das schon … Dann hätte ich schon viel früher gewusst, was oder besser wer du in Wirklichkeit bist."

„Das ging nicht. Nachdem ich mich verwandelt habe, hast du wie eine Tote geschlafen. Oder ich war nur einfach nicht in der Lage dich zu wecken. Keine Ahnung." Er zuckte mit den Schultern, als er sich halb zu ihr umwandte. Auch wenn er nun eine andere äußere Erscheinung hatte, das Schulterzucken war immer noch dasselbe. „Ich nehme an, dass irgendeine geistige Barriere dich vor diesem Wissen und der Entdeckung geschützt hat."

„Ach so …" nachdenklich kaute sie auf ihrer Lippe herum.

„Was meintest du mit, wer ich in Wirklichkeit bin? Ich bin immer noch derselbe wie vorher." Sergé musterte sie mit gerunzelter Stirn. Er schien es nicht gut zu finden, dass sie glaubte, er hätte sich mehr als nur äußerlich verändert.

„Ja …", antwortete sie langsam und betrachtete ihn nochmals eingehend. „Aber irgendwie werde ich das Gefühl nicht los, bisher noch zu keinem Zeitpunkt gewusst zu haben, wer du bist."

Nachdenklich fuhr sie über ein Tattoo auf seiner rechten Schulter.

Es war ihr zuvor nicht aufgefallen, weil er ihr die linke Seite zugewandt hatte. Doch jetzt schien es sie beinahe magisch anzuziehen. Als ob es all ihre Fragen beantworten könnte. Bei genauerer Betrachtung wurde ihr klar, dass es ein Pentagramm war. Nur stand es auf dem Kopf. Sie schreckte zurück, als ob sie sich verbrannt hätte.

„Was ist denn los?" Sergé drehte sich mit besorgtem Gesicht zu ihr um. Kira stand zitternd da, die Hände eng an die Brust gedrückt.

„Was hat das alles zu bedeuten?", flüsterte sie leise und starrte vor sich hin.

„Wie?" Sergé verrenkte sich den Hals, um ebenfalls einen Blick auf seine Schulter werfen zu können. Er wollte wissen, was Kira so erschreckt hatte. Als er die Tätowierung bemerkte, wurde ihm klar, wieso sie so reagiert hatte.

„Kira, lass es mich erklären. Es ist nicht so, wie du denkst." Er streckte bittend eine Hand nach ihr aus, doch sie wich kopfschüttelnd vor ihm zurück. Und das bereits das zweite Mal in dieser Nacht.

Frustriert ballte er die Hände zur Faust, bemühte sich jedoch darum, ruhig zu bleiben. Er durfte nun keinen Fehler machen, andernfalls könnte er sie verlieren.

„Ich tu dir nichts, keine Angst." Verzweifelt bemühte er sich um ein Lächeln, um zu verbergen, wie sehr ihre Zurückweisung ihn verletzt hatte. „Habe ich dich je angelogen?"

„Ich weiß es nicht." Tränen sammelten sich in ihren Augen. Sie wusste nicht, was sie noch glauben sollte. Die Erschöpfung der letzten Stunden machte sich bemerkbar. Ihr Kopf dröhnte und es fiel ihr unglaublich schwer, sich zu konzentrieren.

„Dieses Zeichen, es bedeutet nicht das, was du denkst", versuchte er, sie zu beruhigen.

„Was denke ich denn?", stellte sie ihm die entscheidende Gegenfrage.

„Du verbindest es mit dem Teufel." Kira schnappte bei seinen direkten Worten hörbar nach Luft. „Aber es symbolisiert nicht Baphomet, so wie du glaubst. Der olle Ziegenkopp hat da nichts mit zu tun."

„Was dann?" Kira wollte es verstehen, aber mit seinem Gerede machte er ihr nur noch mehr Angst. Man hatte sie im Internat gelehrt, dass man stets darauf achten musste, wie man das Pentagramm malte. Man durfte es unter gar keinen Umständen verkehrt herum zeichnen, das stand für das Böse, die Hölle. Zusätzlich gab es noch die links drehenden Pentagramme und die rechts drehenden, aber das musste nur bei ganz bestimmten Ritualen und Zaubern beachtet werden.

„Es ist umgedreht, weil es im Gegensatz zu dir steht."

„Wie ist das denn jetzt gemeint?"

„Arrg." Sergé vergrub die Hände in seinen schwarzroten Haaren. Kira stand kurz davor den Abstand zu vergrößern, den sie bereits wieder aufgebaut hatte, doch irgendetwas hielt sie zurück. Sie wusste, dass sie ihn damit verletzte, aber ihr machte all das Angst.

„Wieso hab ich all das Wissen und du hast so gar keine Ahnung?", fragte er niemand bestimmtes. „Schau auf deiner linken Schulter nach."

„Meine …" endlich löste Kira ihre verkrampften Hände, die sie nach der Berührung des Zeichens fest umklammert gehalten hatte. Rasch ließ sie den Stoff ihres Oberteils von der Schulter gleiten und erkannte, dass dort ebenfalls ein Pentagramm abgebildet war. Es war jedoch richtig herum.

„Die Hexen haben dieses Zeichen mit dem Teufel, seinem Vertreter oder der Hölle an sich in Verbindung gebracht, weil ich ähnliche Kräfte besitze", gab Sergé kleinlaut zu.

„Häh?" Kira hob den Blick. Sie war damit beschäftigt gewesen über die schwarzen Linien zu reiben, um zu testen, ob es eventuell nur aufgemalt war.

„Mann, ist das alles kompliziert. Lass mich noch mal neu anfangen. Du bist die Trägerin des Geistelementes. Damit stehen dir Kräfte zur Verfügung, die bis ins Totenreich gehen. Du kannst dort … einige Dinge bewirken." Kira war nicht entgangen, dass er es recht schwammig formulierte. Aber wahrscheinlich meinte er diese seltsamen Schatten, denen Kira auf ihrem Abstecher in Richtung Tod begegnet war.

Sie hatte sogar das Gefühl gehabt, kurz ihre Eltern gesehen zu haben. Leider konnte sie sich kaum noch an die Zeit dort erinnern und je mehr Zeit verstrich, desto verschwommener wurden ihre Erinnerungen.

„Man munkelt, dass die Trägerin die lebenden, sowie die toten Seelen beeinflussen kann. Das ist aber nur die halbe Wahrheit. Dein Weg ist der in die Welt der toten Seelen. Ich bin dein Anker, damit du wieder zurückfindest. Um dich zu beschützen, kann ich eine gewisse Macht auf die Menschen und Hexen oder besser gesagt ihre Seelen ausüben. Zu deinem Schutz", fügte er noch einmal hinzu.

„Und …" Kira räusperte sich. „Wieso halten sie das für Teufelskräfte?"

„Weil ich die Kraft besitze, die Seelen ins Reich der Toten zu schicken. Ein solches Eingreifen wird dem Teufel zugeschrieben und man glaubt, dass diese Seelen ihre Strafe in der Hölle ereilt." Er zuckte mit den Schultern. „Ich weiß nicht, ob es die Hölle in dem Sinne wirklich gibt, aber für die Menschen und Hexen bin ich der Vertreter des Teufels auf Erden." Sergé senkte den Kopf, diese Tatsache stimmte ihn traurig, doch er war bereit, diese Last zu tragen, solange Kira ihn nicht für böse hielt.

„Du bist also hier, um mich zu beschützen?" Sie machte zwar noch keinen Schritt auf ihn zu, aber immerhin schienen der Argwohn und die Angst verschwunden.

„Das ist der Inhalt meines Lebens", stimmte er ihr mit ernstem Gesichtsausdruck zu. Seine geheimnisvollen Augen hatte er dabei direkt auf ihre gerichtet.

Dieser Blick war ehrlich, er verbarg nichts vor ihr, hatte ihr alles erzählt. Kira atmete tief durch.

„Ich glaube dir. Ich vertraue dir", erinnerte sie sich an ihren erst vor kurzem gefassten Entschluss. Er hatte sich ihr Vertrauen verdient, jetzt sollte sie ihm dieses auch zuteil kommen lassen.

„Tatsächlich?", fragte er, als ob er es nicht glauben konnte, dass sie ihm nicht länger misstrauisch gegenüber stand.

„Gib mir deine Hand", forderte sie. Mit hochgezogener Augenbraue überreichte er ihr schließlich, was sie haben wollte. Als ihre Finger aufeinandertrafen, spürte Kira abermals diese Verbindung. Etwas daran war richtig. Ihn in ihrer Nähe zu haben, ihn zu spüren, gab ihr Sicherheit.

„Jetzt schließe die Augen." Sergé zögerte nicht einmal mehr, sondern tat sofort, was sie wollte.

„Gut." Als sie ebenfalls ihre Lider senkte, konzentrierte sie sich gleichzeitig mit all ihren Sinnen auf ihr Gegenüber. Sergé hatte gesagt, dass ihre Magie ihr gewisse Dinge erlaubte und sie glaubte zu wissen, was sie tun musste, um all das hier wirklich verstehen zu können.

Kira tastete geistig nach ihrem Vertrauten. Er war da, stand genau vor ihr. Als Nächstes war es so, als würde sie in seine Essenz eintauchen. Sein ganzes Wesen erfüllte sie und ließ nicht auch nur den kleinsten Zweifel zurück. Alles, was er gesagt hatte, war wahr und noch viel mehr. Sie konnte ihn spüren, sein gesamtes Ich und in diesem Moment wusste sie, dass sie sich schon viel länger kannten. Viel, viel länger, mehr als nur ein Leben.

In diesem Moment der Erkenntnis wollte sie ihm näher sein, viel näher. Sie hielt seine Hand, war in sein Inneres eingetaucht, doch es reichte nicht. Also drängte sie sich an seinen warmen Körper. Sie spürte sein Herz gegen seine Brust hämmern. Es war jedoch immer noch nicht genug und so streckte sie sich ihm entgegen. Sein Atem strich ihr übers Gesicht.

„Kira?", riss seine Stimme sie aus ihrem tranceartigen Zustand. „Was wird das?"

Kira blickte ihn erschrocken an und zog sich schnell wieder zurück, doch er hielt sie eng an sich gedrückt. Seine starken Arme waren auf ihrem Rücken verschränkt und er musterte sie mit einem wissenden Lächeln.

„Ja, ähm." Beschämt blickte sie zur Seite. Dabei wanderte ihr Blick über den Boden und sie erblickte jetzt erst das Chaos in all der Dunkelheit um sich herum. Das in den Boden geritzte Pentagramm hatte einen gewaltigen Riss. Die Steinschale war zweigeteilt und nicht weit entfernt klaffte ein mächtiger Spalt in der Erde.

„Was ist denn hier passiert?" Jetzt schaute sie genauer umher. „Und wo sind die Hexen abgeblieben?"

„Wow!" Sergé neigte sich zurück und musterte sie mit hochgezogenen Augenbrauen. „Das fragst du dich erst jetzt?"

„Menno, ich hatte eben andere Dinge im Kopf, du Teufelsanbeter", knurrte Kira ihn an. Sie war immer noch vollkommen erschöpft, da konnte man schon mal etwas vergessen. „Und?"

„Das ist eine etwas kompliziertere Geschichte. Die Kurzfassung ist, dass während der Zeremonie das Geistelement aktiviert wurde, ich habe mir deine Magie für eine Weile geborgt, weil du sie in deinem Zustand nicht gebrauchen konntest. Dann habe ich die Hexen platt gemacht und dich gerettet." Er lächelte ihr verschmitzt zu, doch sie schlug ihm nur ärgerlich auf den Oberarm.

„Im Ernst jetzt!", forderte sie.

„Das war mein Ernst. Na ja, den Hexen habe ich nur die Erinnerungen geklaut und du hast da irgendwie auch eine Rolle gespielt, aber sonst stimmt alles." Er grinste sie schief an.

„Aber wie habe ich … Warte, du hast ihr Gedächtnis gelöscht? Seit wann kannst du denn so etwas?"

„Ich kann jetzt so einiges, was ich vorher nicht konnte. Sag bloß, das überrascht dich", fragte er mit einem bedeutungsvollen Blick auf seinen neuen Körper. Kira musste unfreiwillig grinsen.

„Irgendwie schon. Immer noch", gab sie zu.

Noch einmal ließ sie ihren Blick über seine neue Erscheinung wandern. Er kam ihr nicht mehr fremd vor, nur noch neu. Es fühlte sich gut an, wie seine starken Arme sie hielten, die Wärme, die sein Körper ausstrahlte, war die Gleiche wie früher als Feuersalamander. Ihr Blick wanderte hoch und blieb schließlich bei seinem Gesicht hängen. Sie runzelte die Stirn.

„Warum starrst du mich so an?", wollte Kira wissen. Er machte das schon die ganze Zeit, als ob irgendetwas komisch an ihr wäre.

„Du hast dich auch verändert." Er neigte nachdenklich den Kopf.

„Ich?"

„Ja. Entschuldige, aber … Nein, das musst du

eigentlich selber sehen, um es zu glauben.“ Er schüttelte langsam den Kopf. Kira runzelte abermals die Stirn.

„Was denn?“

„Na ja, deine Augen.“

„Was ist damit?“ Sie fuhr sich über die Lider, als ob sie eine Veränderung spüren könnte. „Sergé!“

„Sie haben die Farbe gewechselt“, sagte er ruhig. Was im krassen Gegensatz zu ihrer aufkommenden Panik stand.

„Sehen sie jetzt so aus wie deine? Was ist damit?!“, wollte sie panisch wissen. Noch mehr Neues, noch mehr Fremdes. Viel mehr könnte sie nicht ertragen!

„Nein.“ Er schüttelte den Kopf und gerade als Kira der Geduldsfaden reißen wollte, rückte er endlich mit der Sprache heraus. „Sie sind … lila.“

„Lila? Du meinst so richtig lila? Lila lila? Also LILA?“

„Ja. Ich sagte ja, das musst du selber sehen.“ Sergé nickte und blickte sie nun so ernst an, dass sie das dringende Bedürfnis verspürte irgendwo in einen Spiegel zu schauen. Mit einem Mal streckte er seine Hände aus und legte sie auf ihre Schultern. Eindringlich musterte er sie mit den zusammengezogenen Augenbrauen, die diesen todernsten Ausdruck auf sein Gesicht zauberten.

„Was ist jetzt noch?“ Verunsichert schaute Kira zu ihm auf. Diese neue Form ihres Vertrauten irritierte sie nach wie vor und auch seine Annäherungsversuche bereiteten ihr Kopfzerbrechen, weil er sie damit ganz durcheinanderbrachte.

„Ich wollte dir nur sagen, dass es deiner Schönheit keinen Abbruch tut. Du sieht noch immer bezaubernd aus.“

Sie stieß ihm wütend die Faust gegen die Brust.

„Au, das hat wehgetan! Dabei habe ich dir doch bloß ein Kompliment gemacht.“ Er rieb sich die Stelle und schaute nun wie ein verletzter Welpe drein, doch davon ließ Kira sich nicht beeindrucken.

„Und das sagst gerade du, mit deinen unnormalen Augen.“ Sie funkelte ihn, wie sie hoffte, höchst beeindruckend mit ihren „neuen“ Augen an.

„Die sind nicht unnormal, sondern naturgegeben wunderschön und einzigartig. Du hast dich mir also wunderbar angepasst.“ Er ließ sie los, um sich die Haare zurückzustreichen und sich dabei perfekt in Pose zu stellen.

„Ja, nee. Ist klar.“ Kira musste einen heftigen Lachanfall unterdrücken, doch ein Kichern entschlüpfte ihr.

„Nicht wahr?!“ Er grinste sie begeistert an.

„Pah.“

„Wenigstens sind sie nicht violett“, erwiderte er mit ernster Miene und sah ihr dabei so tief in die Augen, als ob er jede einzelne Farbnuance herauslesen wollte.

„Was hat das damit zu tun und woher willst du das überhaupt so genau wissen bei dem Licht?“ Stirn runzelnd sah Kira ihn an - bald würde sie Falten entwickeln, weil sie die Stirn am laufenden Band kraus zog.

„Na, dann bete lieber, dass sie lila und nicht violett sind.“

„Wieso?“, wollte sie gereizt wissen.

Was machte das schon für einen Unterschied? Ob lila oder violett, ihre Augen hatten eine Mischfarbe aus Blau und Rot. Das musste total krank aussehen!

„Nun, wenn sie violett wären, dann müssten wir dich wahrscheinlich Violetta oder Violett nennen. Kira passt da irgendwie nicht mehr.“ Kritisch legte er den Kopf schief und musterte sie eingehend. „Obwohl wir bei lila auch etwas machen könnten. Wie wäre es mit Lilia? Lilana? Laila? Nee, warte …“

„Hör gefälligst sofort auf damit!“, wies Kira ihn an und schlug ihm mit einem unterdrückten Lachen auf den Arm. Dabei versuchte sie möglichst böse und beleidigt dreinzuschauen.

„Schon gut, du kannst weiterhin Kira heißen. Außer, du bestehst darauf, dass deine Augen violett sind.“ Erneut erschien dieses freche Grinsen auf seinem Gesicht. Kira dankte ihm gedanklich, dass er diese Veränderungen mit so viel Humor nahm und es ihr dadurch leichter machte, damit umzugehen. Doch laut würde sie das nie zugeben! Sie lächelte noch eine Weile in sich hinein, dann wurde sie ruhiger. Zu ruhig.

„Und jetzt?“

Sergé bemerkt ihren verunsicherten Blick und wusste, dass sie am liebsten von hier wegwollte. Und das so schnell wie möglich. Erneut ergriff ein Zittern ihren Körper.

„Jetzt werden wir beide uns einen ruhigen Platz suchen, damit du dich von den Strapazen erholen kannst. Du brauchst Ruhe, immerhin bist du nur knapp dem Tod entkommen.“

Besorgt musterte er sie, doch sie schenkte ihm nur ein beruhigendes Lächeln.

„Du hast mich gerettet, oder?“

„Ja.“ Er nickte, legte dabei beschützend einen Arm um ihre Schulter und führte sie fort von diesem verfluchten Ort, der noch die Spuren dieser Nacht trug. Dass sie ihn mindestens genauso gerettet hatte, wenn nicht sogar noch mehr, verschwieg er ihr. Zumindest fürs Erste. Die genauen Details würde er ihr ein andermal erzählen, sobald sie das meiste aus dieser Nacht verarbeitet hatte und wieder bei Kräften war.

„Und jetzt sei still, du musst dich schonen."

Kira lehnte sich dankbar an seine Schulter und genoss seine Nähe. Sergé beugte sich vor, ging in die Knie und hob sie mit Leichtigkeit auf seine Arme. Sie stieß ein kurzes, erschrockenes Kreischen aus, das sich in ein Lachen verwandelte.

„Haha, was wird das?", wollte sie wissen.

„Ich trage dich auf Händen. Du musst deine Kräfte sparen", meinte er verschmitzt, während er sie forttrug. Vor ihnen schwebte eine kleine Kugel aus Licht und Feuer, die ihnen in der Schwärze der Umgebung den Weg ausleuchtete, die brennenden Fackeln ließen sie hinter sich.

Sergé löschte das Feuer, sodass der Ort des Rituals von der Nacht verschluckt wurde. Er würde noch einmal wiederkommen müssen, um die Zeugnisse des missglückten Zaubers zu beseitigen, doch das hatte Zeit.

Kira hatte die Augen geschlossen und verließ sich ganz auf Sergé, er wusste schon wohin, er sie brachte. Schließlich hatte er sich dieses Vertrauen mehr als verdient.

„Was ist eigentlich mit dem Schnitt, den diese böse Hexe …?", unterbrach sie mit einem Mal die Stille und hob den Kopf von seiner Schulter. „Ich wollte nicht, dass …"

„Verheilt", unterbrach Sergé sie und drückte sie beruhigend an sich.

„Und Sira? War sie wirklich die Böse?"

„Jep."

„Was hab ich noch verpasst?"

„Wollten wir nicht alles besprechen, nachdem du

dich ausgeruht hast?" Sergé hob fragend eine Augenbraue.

„Ja, schon."

„Gut."

Einige Sekunden blieb es still.

„Was kann ich denn jetzt noch alles mit meinen neuen Kräften?"

„Kira!", ermahnte Sergé sie genervt, doch Kira ließ nicht nach. Und so verloren sich die Stimmen ihres Gesprächs in der dunklen Nacht, in der die Verkörperung der Hölle gar nicht das Böse gewesen war und von gut und selbstlos nicht gar so einfach zu unterscheiden war, wie man es sich oftmals wünscht.

Epilog

Jetzt kennt ihr die Geschichte von Kira und mir. Ich hoffe, dass euch unser Erlebnis in Erinnerung bleiben wird. Ich habe daraus gelernt, dass die Liebe stärker als so mancher Zauber ist. Gehören zwei Seelen zusammen, haben sie eine bestimmte Verbindung, dann finden sie einen Weg, um für immer zusammen sein zu können und so kann nicht einmal der Tod sie wirklich trennen. Wenn dann noch Magie mit im Spiel ist, dann endet es womöglich so, wie bei Kira und mir. Wenn ich mir vorstelle, dass wir nach unserem Tod wiedergeboren werden und der Kreis sich mit der nächsten Geistträgerin wiederholen wird … *schauder*

Irgendwie beinahe beängstigend, meint ihr nicht? Aber vielleicht ändert sich nach dem, was wir zusammen erlebt haben, ja auch etwas? Man kann nie wissen. Ich kann euch nur erzählen, wie es nach Kiras Rettung und meiner Verwandlung weiterging.

Natürlich haben wir uns, auch weiterhin oft in die Haare bekommen. Ob das an meiner Art liegt, auf ihre Vergangenheit einzugehen? Ich fände es interessant zu wissen, ob wir mit einer weniger verhängnisvollen Lebensgeschichte vielleicht auf eine andere Art miteinander umgehen würden. Wie schade, dass ich mich als wiedergeborene Seele nicht an meine früheren Leben erinnern kann. Aber eventuell ist das ja auch besser so?

Jedenfalls bin ich abgeschweift. Einen so weitreichenden Einblick in die Zukunft wollte ich euch ja gar nicht geben. *grins*

Dieser Hexenzirkel hatte vorgegeben ein Jugendelixier zu erschaffen, um das Leben der Hexen an sich zu verbessern.

Das war ein interessanter Gedanke, wenn er auch

lediglich dazu dienen sollte, Kiras Mitarbeit zu erwirken. Jedenfalls hatte mich die Idee fasziniert, als Kira mir davon berichtete.

Nachdem ihre Kräfte geweckt worden waren, wären wir beide mit Sicherheit in der Lage gewesen, die Menschen zu bekehren, die sich gegen die Hexen stellen. Doch das wäre der falsche Weg gewesen. Stattdessen verbargen wir, was wir konnten und zogen uns zurück, damit niemand dahinter kam.

Kira wollte unbedingt noch einmal Sira treffen. Sie war nach ihrem Gedächtnisverlust so, wie sie wahrscheinlich auch vor ihrem Wahn gewesen war und so wie sie es Kira vorgespielt hatte. Stina ließ uns gerne für eine Weile bei sich und Sira wohnen. Wir besuchen die beiden noch ab und zu. Sira und Kira wurden zu richtig guten Freundinnen, wie sie es eigentlich schon zuvor gewesen waren. Zum Glück hatte Kira ihr nach alldem dennoch offen entgegentreten können. Die erinnerungslose Sira hatte sie einfach zu sehr an ihre ersten zwei gemeinsamen Tage erinnert.

Ich konnte Kira davon überzeugen, dass sie zunächst ihre neuen Kräfte unter Kontrolle bekommen muss, bevor wir uns gegen etwas stellen oder in einen Kampf ziehen.

So leben wir zwar auch versteckt, aber dennoch frei und das Wichtigste: Wir sind zusammen.

Mehr will ich dazu auch gar nicht sagen, doch Macht ist nicht immer die Lösung für alle Probleme. Aber wir werden das mit den Konflikten zwischen Menschen und Hexen schon gelöst bekommen.

Irgendwie und irgendwann. Für jedes Problem gibt es eine Lösung. Man muss sie nur finden.

Danksagung

An der Entstehung dieses Buches waren so viele Leute beteiligt!

Als Erstes möchte ich jedem Leser danken, der bis zu diesem Teil „durchgehalten" hat. Ihr seid die Besten! Auch jedem, der dem Erscheinen des Buches auf meiner Facebookseite entgegengefiebert oder daran mitgewirkt hat, sei gedankt.

Ein großes Dankeschön geht natürlich auch an den Verlag und an alle Mitwirkenden dort. Ich bin einfach so fürchterlich glücklich, dass ich dieses Buch mit diesem Cover so veröffentlichen konnte!

Mit diesem Cover? werden sich jetzt einige fragen. Was hat denn das Cover damit zu tun?

Nun, ich kann sagen, eine ganze Menge!

Denn dieses Cover ist genau der Grund dafür, dass es diese Geschichte gibt. Andernfalls hätte ich sie nie geschrieben! Verwirrend, nicht wahr? Ja, ich weiß.

Aber deswegen gilt der größte Dank eigentlich meiner Coverdesignerin Juliane Schneeweiss. Denn im Grunde ist sie für diese Geschichte verantwortlich!

Kurze Erklärung: Ich habe das Premadecover damals auf ihrer Facebook-Seite entdeckt und war gleich so begeistert, dass ich es unbedingt haben wollte! Doch was will man mit einem Cover, wenn man keine Geschichte hat, die sich dahinter verstecken kann? Ich hatte weder etwas Fertiges in der Schublade, noch eine passende Idee auf meiner Liste. Ich wollte aber nun mal *dieses* Cover haben! (Wenn Pia sich etwas in den Kopf setzt, ist es schwer, sie davon wieder wegzubekommen^^)

Ich also nach draußen gegangen, mich in die Sonne gesetzt, mir mein Pony geschnappt und in den zwei, drei Stunden draußen eine grobe Buchidee gesponnen. Zum Ende des Tages stand das Grundkonzept, nur irgendwie fehlte die Zeit, um das Buch dann wirklich zu schreiben.

Also erst mal alles nur notiert, die Idee liegen lassen, immer mal wieder dran gefeilt, aber nicht geschrieben.

Bis der Amdora-Verlag dann eine Ausschreibung machte, zu der die Buchidee sehr gut passte. Jetzt musste ich die Geschichte einfach schreiben!

Danach lief im Grunde alles perfekt. Die Idee gefiel, ich durfte sie sogar noch ausbauen, das Cover war noch nicht verkauft und meine Verlegerin war sogar bereit, das Buch mit DEM Cover zu veröffentlichen. Besser hätte es gar nicht laufen können!

Und so bin ich voller Dankbarkeit, dass die Geschichte um Kira und Sergé mit dem Cover, mit dem alles begann, veröffentlicht werden konnte!

Und ich muss sagen, für eine spontane nachmittägliche ich-muss-eine-Geschichte-für-dieses-Cover-haben-Idee ist das Buch doch wirklich gut geworden, oder was meint ihr?!

Eure, manchmal etwas verrückte, Pia

P.S. Irgendwie merke ich gerade, dass meine Bücher recht häufig kuriose Entstehungsgeschichten haben xD
P.P.S. Der Klappentext entstand auf ähnlich unkonventionelle Weise. Erst als ich mit dem letzten Satz begann und mich vom Ende zum Anfang arbeitete, kam endlich etwas Brauchbares dabei heraus'^^

Weitere Werke von Pia Hepke:

„Das Geheimnis des Nebels", Burg Verlag Rehau, 2013, ISBN 978-3937344997

Eine kleine, eher verträumte Stadt, inmitten von Wald und Wiesen gelegen, wird in letzter Zeit häufiger von einem Naturphänomen heimgesucht. Immer wieder wird der Ort in einen undurchdringlichen Nebel gehüllt.

Diana spürt, dass etwas Magisches in der Luft liegt. Zuerst der Nebel, dann diese rätselhafte Schattengestalt im Wald. Sollte das wirklich ein Drache gewesen sein? Aber wieso verließ dann ein Mensch die Lichtung?

Dazu noch der mysteriöse Neue an der Schule; Adrian. Seine unglaublich grünen Augen scheinen auf Diana eine fast schon magische Anziehungskraft auszuüben. Aber was hatte er mitten in der Nacht im Wald zu suchen? Ob er etwas mit dem Brand auf der Klassenfahrt zu tun hat?

Sollte ihr das Bild von der Lichtung im Nebel, welches sie aus einer Laune heraus malt, dabei helfen das Rätsel zu lösen?

„Das Geheimnis des Feuers", Burg Verlag Rehau, 2013, ISBN 978-3944370040

Diana plagen schreckliche Alpträume. Menschen, die in Flammen stehen. Immer wieder droht jemand zu verbrennen oder aber sie selbst befindet sich in dem Meer aus Flammen. Diese Träume erfüllen sie mit Angst. Eine Möglichkeit ihnen zu entkommen gibt es nicht.

Doch noch etwas anderes beschäftigt Diana. Was möchte Adrian ihr zeigen?

Ob sie eine Art Prüfung erwartet? Und wird sie

diese bestehen können?

Außerdem gibt Taran, Adrians und Jasons ominöser Halbbruder, ihr Rätsel auf. Mehr und mehr macht er sich im Haus der Drachen breit und geht später sogar auf Dianas Schule. Wird Taran seinen Hass auf die Menschen überwinden und Janina gegenüber echte Gefühle entwickeln können?

Diana glaubt nicht daran, ihre beste Freundin sieht das jedoch ganz anders.

„Das Geheimnis des Wissens", Burg Verlag Rehau, 2014, ISBN 978-3944370231

Ruhe kehrt ein in das Leben mit den drei Drachenbrüdern. Und Alltagsdinge bestimmen ihr Leben. Taran will Janina noch immer nichts über die Drachen erzählen. Und Adrian hat weiterhin Geheimnisse vor Diana. Doch all diese Dinge rücken in den Hintergrund, denn eine neue

Bedrohung taucht auf.

Als Luca, ein Gesandter des Drachenrates, plötzlich vor der Tür steht, gerät Diana in Panik. Was, wenn er herausfindet, dass sie über die Drachen Bescheid weiß?

Doch mit seinem Auftauchen stellen sich noch weitere Fragen. Welches Kind suchen die Drachen? Und was sind Horitz? Wird Diana endlich alles erfahren, was die drei bisher vor ihr verborgen hielten?

Und was ist mit Luca? Ist er wirklich der, für den er sich ausgibt?

„Das Geheimnis der Liebe", Burg Verlag Rehau, 2015

Auf welcher Seite steht Luca? Kann man ihm nach

seinem Verschwinden noch trauen?

Diana will an ihn glauben, doch die Zweifel sind allgegenwärtig. Als Luca beim ersten Aufeinandertreffen von Drachen und Jägern einen tödlichen Schuss abgibt, scheint seine Wahl eindeutig.

Sobald Diana und die Drachenbrüder zum Hort aufbrechen, ist ein Kampf unvermeidlich und mit diesem wird sich alles entscheiden.

„Irrlichter - Das Licht zwischen den Welten", Selfpublishing, 2015, ISBN 978-1507526279

Was sind eigentlich Irrlichter?

Sie bezeichnen ein Phänomen seltsamer Lichter, die zumeist im Moor oder auf Friedhöfen beobachtet werden. Doch was wäre, wenn sich hinter diesem Phänomen mehr verbirgt?

Was wäre, wenn diese Lichter in Wahrheit verstorbene Seelen sind? Wenn sie zu bestimmten Zeiten und an bestimmten Orten mit ihrem Licht verhindern, dass verlorene Seelen aus dem Jenseits ins Diesseits wechseln?

Normalerweise bekommen die Menschen davon nichts mit. Nicole jedoch kommt hinter das Geheimnis, als sie eines Nachts dem Irrlicht Wrin in seiner menschlichen Gestalt auf dem Friedhof begegnet und gerät dadurch mitten hinein in den Kampf zwischen Licht und Schatten.

„Rentiere - Ein weihnachtliches Märchen", Selfpublishing, 2015, ISBN 978-1517556082

Alle Jahre wieder kommt der Weihnachtsmann und wir

finden uns zusammen, um ein ganz besonderes Fest zu feiern. In dieser Zeit werden viele wieder zum Kind und der Glaube an Wunder und Magie erwacht.

Ich möchte euch dazu einladen, auf eine Reise mitzukommen, auf der ihr ein solches Wunder und die ganze Magie der Weihnacht treffen werdet. Die Geschichte dazu wird von dem Rentier Aku und seinem jüngeren Bruder Sulo erzählt.

Die beiden träumen schon ihr ganzes Leben davon, einmal den Schlitten des Weihnachtsmannes zu ziehen. Als ihr Traum endlich in Erfüllung geht, kommt jedoch alles anders als gedacht.

Aber lasst euch das Geschehene von den beiden doch selbst erzählen …

Und somit beginnt die Geschichte, die wahre Geschichte des Weihnachtsmannes.